JN142888

真っ直ぐに、保母

鏡 政子

目次

希望をなくして　7
東京へ　10
東京に着いて　15
保育とかかわる　21
本当の保母になりたい　24
保母試験に受かる　29
自立を目指して　37
自立に向けて　41
転勤　49
目覚め　54
立ち上がる保母　62

東京保母の会結成準備　67
正月　74
家庭訪問　82
お店屋さんごっこ　88
ビキニの水爆実験　97
日本社会事業大学に通う　99
第一回日本母親大会　111
バターか大砲か　114
全国社会事業協議会（全社協）に保母部会を　116
東社協保母の会発会　132
童謡デモ　139
目覚め　143
引っ越し　154
結婚　159

安保闘争　*162*
退職　*164*
園舎改築　*171*
再びの建て替え　*179*
保育園に復帰　*186*
毎日、何かが起きて……　*194*
保育行政の逆行　*200*
あとがき　*207*

希望をなくして

私が十四歳のとき、戦争が終わった。疎開先の信州有明村で、私は生きる目標を失い、どう生きていけばいいのか、分からなくなっていた。

せっかく東京都立第一高等女学校（現在の白鷗高校）に入学して喜んだのも束の間、戦争が激しくなり、父が強制的に商売をやめさせられて軍需工場に勤めた関係で、土地柄も知らない長野県の有明村へ一家は疎開した。東京での生活と変わり、藁草履で通学、上履きも藁草履に赤い布で印をつけた物を使用した。幼稚園から革靴で過ごしていた私は、これも戦争に勝つため、皮は軍靴に使われるのだと自分を納得させた。しかし、戦争は疎開して一カ月後に終わった。敗戦になったのだ。

昨日までの、「国の為、死ねよ」「米英は、鬼だ」という意味の教科書は使えず、しかも、文部省は、新しい教科書を用意することが出来ず、毎日の授業時間は、軍国的な言葉や米英批判につながる文言を墨で塗ることに費やされた。教科書は、真っ黒になり、ほとんど意味をなさなくなった。世界史も大幅に変わった。日本の歴史に至っては、小学校から習った神武天皇以来のことは否定され、神話に基づくものだと初めて知った。

私は、騙されていたという思いで、学習意欲を失った。教師たちも信用できなくなった。教師は、こうなる事を知っていたのではないか。憧れていた教師への道に失望した。新制高校への進学にも希望がもてず、きっぱりとやめた。先生も友人からも、進学を強く勧められたが、家計の貧しさを理由に進学しなかった。

差し当たって、家の助けにと、同じ町の穂高通信工業の工員となった。父も、商売に戻りたいと工場を辞めて有明から隣の穂高町へ転居した。私は、事務の仕事をしたいと中部電力を受け、合格したのに、「疎開者は、覚えた頃に帰ってしまうから」と面接で落とされた。

穂高通信は、疎開してきた会社だった。

「高田馬場から来たんだよ。早く帰りたいのだけれど、もう焼け野原だしね」

四〇代に見える社長もきっと軍需品を造らされていたのだろう。今は蓄音機のピックアップやラジオの部品を作っていた。私は、不器用なので、仕上げというところに回されたが、アルミのピックアップに鑢（やすり）をかけるので、力はいらないが、かけすぎて不良品を出していた。同僚は叱ることもなく、

「また、お釈迦にしたのか」

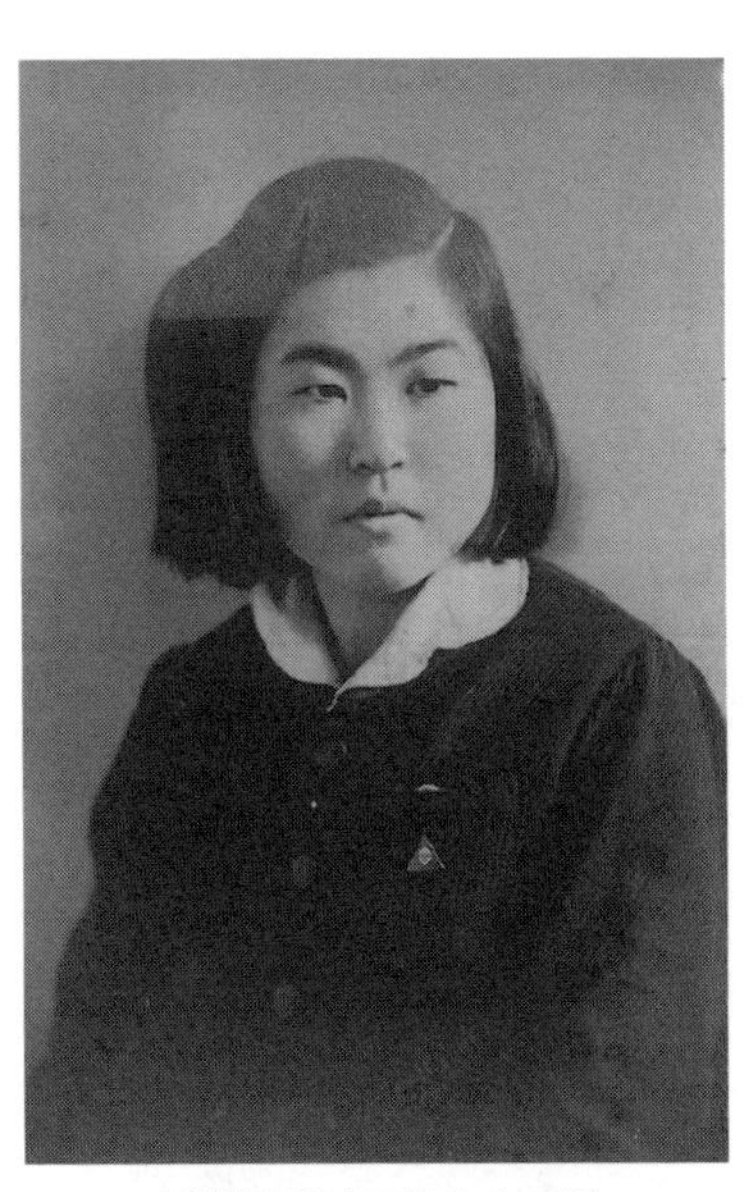

中学校卒業時の著者（15歳）

そばで見ている若い男性は呆れて笑っていた。

仕事にはだんだん慣れて来たが、どうしてもなれないのは、機械油の匂いだった。弁当が咽喉を通らない。社長は事務所で食べるようにと誘ってくれた。仕事は思ったより早く覚えて、ドリルで穴をあ

ける「ボール盤」や薄い平らな金の板に型をつける「蹴とばし」などの機械も使えるようになった。母は怪我でもしなければ、といつも心配していた。給料は、一ヶ月千五百円で、そこから健康保険や失業保険が引かれていた。

東京へ

敗戦から四年も経った。東京には帰りたかったが、戦後は都内に自由に入ることは許されなかった。ただその日その日を虚しく過ごしていた。

そんな或る日、東京から突然の来客があった。私が幼児期に通った、「鳩ポッポの家幼児園」の兜木邦蔵園長だった。当時、幼稚園が一般的だったので、わたしは幼稚園と呼んでいたが、木製の看板には、幼児園と書かれていた。午前八時から午後三時までという決まりだった。園長とその長男の英夫先生がいて、とても可愛がってくれたのが思い出された。幼稚園とは違った方針で運営するようになったのは、賀川豊彦氏の影響を受け感動し、幼稚園とは違う、もっと自由な幼児教育を考えて、鳩ポッポの家幼児園を創ったと、この時初めて聞いた。牛込の赤城神社の後ろに在って鳩がいつも庭を飛んでいたから付けた名前だと思っていたが、幼児園となっていた意味を知った。

私の疎開先を探して訪ねて来たのは、保母として保育園で働いてほしいということだった。

「今は、戦時保育所から東京都公認の〈鳩ポッポの家保育園〉となり、百人以上の子どもを保育している。住み込みで働いてくれれば、保母の免許をとってもらい、やがて第二保育園の園長にするつもりだ」

という話だった。両親は本人次第という。私は工場に勤めていたが、子どもの頃からの夢は教師だった。疎開でその夢は捨てて、ただ家の助けになればと、やすりやボール盤、蹴とばしという機械と取り組んで、機械油のにおいが染みついていた。弟妹が、五人もいて家事の手伝いも、畑の手伝いもあり、果たして東京へ行ってしまっていいものか考えた。けれども両親はすぐにでも上京することに賛成だった。私も本心は、早く東京に帰りたいと思っていたので、両親の勧めは嬉しかった。兜木園長は喜んで、その日のうちに帰られた。

翌日、会社に事情を話し、四月末で辞めたい、と告げた。社長は、

「会社も早く目白に帰りたいのだ」

と言って私の上京を喜んでくれた。

工場に行っている間に、母は打ち返しの綿ではあるが、敷布団と掛布団を新しく縫ってくれた。綿入れを手伝いながら、私は勉強で心配をかけたことはなかったが、家事はいたって苦手で、自分の洗濯物まで母任せだったことを考えていた。

「汚れたものは溜めないで、すぐに洗うのよ」

などと注意しながら、小さくなったセーターを解いて春先にと半袖のセーターなど夜なべで編んでくれた。

父は、松本で菓子や雑貨の仕入れのついでに婦人用の西洋剃刀と和裁の裁ち鋏を買ってきてくれた。顔剃りと鋏の取り合わせにイメージが沸かなかったが、なかなか手に入らない物だったので、父の愛情を感じた。間もなく上京という時、父はブルーのトランクを買ってきた。私は嬉しくて早速荷物を詰め始めたが、そ

のトランクはボール紙で出来ていた。

「汽車の中で、誰かに持って行かれないように気をつけなさい。座席の頭の上でなく、反対側の目の届く処に載せなさい」

と父は、仕入れの経験からか、そんな事を注意した。殺伐とした戦後は油断も隙も無かった。いよいよ出発となると嬉しいのに涙が出て来た。

「一生別れるわけではない。父さんたちもなるべく早く東京へ行くよ」

弟妹達は東京の生活に記憶がなく、どんな所に行くのだろうと、まるで外国へ送り出すような表情だ。

「電車に乗るときは靴を脱ぐの」

「脱がなくていいんだよ」

ふーんという弟を見て、私が小さい時は、靴屋であれがいいとか、こっちにしよう。などねだっていたことを思うと、可哀想な気がした。

「いつ帰ってくるの」

「お盆には帰って来るよ」

昔から、奉公人は一年に二度里帰りをしたと聞かされていた。閻魔様が地獄の窯の蓋を開けるのだと父は言っていた。

「お土産買ってきてね」

「食パンがあったら頼むわ」

松本のパン屋には、アンパンしかないとの事で、母は以前から美味しい食パンが食べたいと言っていた。何故アンパンがあるのか。それはこの地方の習わしで、葬式の時必ずアンパンを盛るからだそうだ。戦前から、貧しい中でアンパンこそが、仏壇に供える最も大事なものだったそうだ。叔父が亡くなった戦後の一九六二年の時も盛られていた。

私は、母と同じ東京の地蔵横丁のいろいろなパンが懐かしかった。

大糸南線の穂高駅の改札で別れを告げると、電車はすぐに走り出した。これから松本駅で乗り換え、中央線で新宿下車になる。先生は迎えに来てくれているだろうか。不安を抱きながら硬い木製の椅子に身体を預けた。勿論、青いトランクを睨みながらである。

東京に着いて

大きなトランクを下げて、ホームに降り立つと、英夫先生の方から探してくれた。子どもの時に世話になっていたのだから、十年以上たっているのに、少しも変っていないように見えた。丁寧に挨拶をして先生の後ろから歩いた。新宿から山手線に乗り、渋谷で玉電に乗り換え三軒茶屋で降りた。想像していたより、渋谷も三軒茶屋も店はなく、思ったより寂しい街だった。東京もまだこんななのか。心の中でつぶやいた。玉電を降りると、直ぐに左へ曲がった。そこは、戦前育った地蔵横町を思い出させるような商店街だった。きょろきょろと見まわしながら歩いた。店はあっても品数はなく、どの店もさびれた感じだったが、焼け残ったのだ、羨ましいと思った。地蔵横丁は、強制疎開にかからなかった店は全焼で、亡くなった人も沢山いた。今はどうなっているのだろう。そう思いながらも、重いトランクを下げて、英夫先生に置いて行かれないように必死で後を追うように歩いた。商店街が途切れたところに見慣れない門があった。

「ここは元軍隊が使っていた所でね、その中の酒保を保育園にしたんですよ」

門の中には何棟もの同じ型をした木造二階建てがあった。

そしてその建物の窓には、洗濯物が並んでいた。私はこれからどんな処に住むことになるのか不安な気持ちでいっぱいだった。門を入って変わった形の二階建ての前を通ると、すれ違う女の子が「センセイ」と声をかけて来た。

「また明日ね」

先生は明るく答えた。ああ、保育園に来ている子なのだ、と思った。

「あの子の父親は、酒飲みでね、メチールアルコールに手を出して、亡くなったんですよ。戦争では生き残ったのにね」

疎開先では、そんな話は聞いたことがなかったが、軍隊から戻ったという青年が毎日橋の上で進軍ラッパを吹いていた。頭がくるっていると近所の人は言っていたが、戦争の犠牲者だ、と思った。私だって軍歌を口ずさみそうになる時があり、ぐっと我慢した。

「パパ、お帰りなさい」

女の子が、開いたドアから出て駆け寄って来た。

「政子お姉さんだよ」

先生はそういって紹介した。兵舎のような建物の間に共同の流し場があった。

「ママ、政子お姉さんが来たよ」

女の子は嬉しそうに大声で呼んだ。出てきたのは背が高くちょっと受け口だが色白の綺麗な人だった。

「疲れたでしょ。おあがりなさい」

「ここが、私達の住まいなのよ。酒保だったところはみんな保育室だからね」

住まいはここだけだという。なんて質素なのかと感心した。

「今日はゆっくりしてね」

「あのう、荷物」

少しでも片付けたいと思った。

「ご飯が済んだら、案内するわ」

ひふみ、みすず、るみ子。三人は私を珍しがって傍を離れない。

「いくつ」

三人は六つ、四つ、二つと答えた。

人懐っこい可愛い子。これから毎日一緒に居られるのかと嬉しかった。

「はい、ご飯よ。手伝って」

子どもたちと一緒に立ち上がった。

「貴女はいいのよ。明日からで、今日はゆっくりして」

部屋の真ん中にテーブルが置かれ、お刺身やトンカツが並んだ。びっくりするばかりだった。東京にはこんなものがあるの。穂高では料理屋にでも行かなければお目にかかれない。勿論行ったこともないけれど。この中の一つでも弟や妹たちに食べさせたいと思った。

「さあ遠慮しないで、沢山食べてね」

思ってもいなかった歓迎に嬉しくて涙が出そうになった。食事の後、早速洗い物に取り掛かった。明日から何をどのようにするのかも教えてもらわなければと思った。大人四人、子ども三人の食器は流し場をいっぱいにした。それからようやく住み込みのところを案内された。さっきの部屋とコンクリートの土間を挟んでいた。

ドアを開けると。そこが保育園だという事が一目でわかった。「宿直室か」と一瞬思ったが、意外にも三歳児の保育室だった。木の匂いがする置き戸棚が部屋の隅に置いてあった。三尺の扉を開けると、棚板が一枚、上に布団を入れて、下に私物を入れるように言われた。オルガンがポツンと置かれていた。住み込みと言っても部屋があるのかと思っていたのでびっくりしたが、さっき覗いた園長の邦蔵先生は物置の中にベッドを置いた様なところだし、先生の家族は六畳なのだから、しかたがないと思った。お休みなさいの挨拶に行くと明日からのスケジュールを告げられた。

六時に起きること、薪を割ってコンロでご飯を炊くこと、大根を刻んでみそ汁をつくり糠味噌から漬物を出すこと、ご飯を炊いている間に保育室へ行って窓を開け、玄関の鍵を開けるなど園児の来るのを待つ体制を作ること……。邦蔵先生は広い庭の花壇の手入れ、英夫先生は保育室や広いホールを見て歩く。ママと呼んでいた奥さんは保母主任で和子先生と呼ぶように教えられたが、朝は三人の子どもに手がかかるので、家事はしないといわれた。

「これではお手伝いさんみたいだわ」

と思っていると、

「さっさと洗濯をし、それを干してから保育に出るのよ」

といわれた。

保母の見習いというから喜んで来たのに泣きたくなった。けれどたった一日で帰るわけにはいかない。泣きたいけれど涙も出ない。絶対にいい保母になってやる。そう思っていると、庭の方から、体操の音楽が聞こえて来た。既に保育は始まっている。早く子どもたちのところへ行きたい。家事を済ませると、急いで三歳児のクラスへ行った。

「大変だわね。あなたのことは、聞いていました。一緒に頑張りましょうね。いい保母さんになってね」

一緒に三歳児を受け持つ年配の女性は、夫が戦死、残された五歳の男の子を抱えて、この兵隊屋敷に住んでいるとのことだ。

「松倉です。よろしくね」

「丸山政子です。よろしくお願いします」

四歳児を受け持っている菊田さんは、満州に行った夫の帰りを待っているという。松倉さんより若く、「私はサザエさんの作者の長谷川町子さんと同級生だったの」と当時を懐かしむように話してくれた。四歳の男の子を抱えて二人暮らしだったが、父親の顔はしらないのだといった。自分の子どもと一緒に四歳児を受け持っていた。

年長組を受け持っている若い二人は、嫁入り前の腰かけ仕事とのことだった。

保育とかかわる

三歳児は無邪気で本当に可愛い。まさこせんせいとすぐに覚えて、甘えてくる。

中島博子ちゃんは髪が縮れて顔が真っ黒なので洗ってあげようとしたが、お腹まで黒いのでびっくり。GIとの間に生まれた子だと分かった。岩崎さんの母親は唇をことさらに大きく動かして話すので、聞いてみると、長男に聴覚障害があり、唇の形で言葉をわからせているのだった。その子は私に「サヨウナラ」と声を出さずにいった。私も大きな口を開けてはっきりとわかるようにサヨウナラといって頭を下げた。母親はそのことを特別と思う様子もなく自然な態度に感動した。

他にもダウン症の子がいたが明るくて、体操や遊戯が大好きだ。お母さんは会う度に何度も宜しくという。下着の上にセーター、チョッキ、カーデガンと厚着をしてくる子もいた。その子のお母さんは、他の父母より年配だった。漸く生まれた女の子、病気にならないようにと心配している様子が目に見えた。

父母の一人から、お子さんは何人ですか。と聞かれ、三人です。と答えたら、それでしっかりしているんですね。と言われてびっくり。慌てて、

「園長先生の子どもさんです。私はまだ独身です」

と言ったが、そんなに老けて見えるのだろうかと複雑な気持ちだった。

一年が過ぎて二年目に入っても、高校に行かせて貰えず、心配になって来た。穂高では夜間高校の二年までしか行っていない。母から、園長あてに手紙が届いたらしい。

「まだ疲れると思って、もう少し慣れてからと考えていたんだ」

そういいながらも、夜間の渋谷高校の三年生に編入する手続を取ってくれた。その代わり、夕飯の米をとぎ、惣菜の材料を買い、漸く学校へ向かうという生活になった。余程疲れて見えたのか、数学や地学の教師から、

「宿題はしてこなくてもいいよ」

と言われた。

授業が終わると、宮益坂を下り玉電に飛び乗って帰った。それでも、

「遅かったわね」

などと言われた。友達でもできて、遊んでいるとでも思ったのだろう。夜学には、そんな暇のありそうな人はいない。年齢は十五歳から三十歳ぐらいまでみんな様々な事情を抱えていた。

帰ると、夕食の後はそのままになっているので、洗うのに時間を費やした。自分の遅い夕食をとり、流しの洗い物、明日のお米を研ぎ、冷たくて真っ赤になった手にはーっと息を吹きかけた。それから保育室の掃除をすることもあり、すべて終わると十二時になるのが当たり前だった。冬になると、洗濯も炊事も水仕事で手の甲はひびで血が滲み、真っ赤になった。住み込みで食べる心配がないのだからと給料はずっと千円だった。

本当の保母になりたい

高校を卒業し、保母試験を受ける資格ができた。英夫先生は、私が他の保育園の人と接触するのを嫌った。

世田谷に講師を迎えて、世田谷の保母だけで勉強することを園長会で決めたので参加した。三宿の「雀のお宿保育園」が会場になったが、園長が隣の部屋で見張ってでもいるかのようだった。

民生局の秋田美子先生が講師だった。すらりと背の高い少し色の黒い先生で、きりっとして見えた。先生は厚い本を片手に幼児期の発達が如何に大切かを話された。狼に育てられた子どもが昼間は寝て夜に目覚めて餌をとること。一人は九歳、一人は十三歳までしか生きられなかった、と話され、人間らしく育てることの大切さをわかりやすく、講義された。大事なことが沢山詰まっていそうなその本が欲しくなった。

授業を終えてから、先生に尋ねると、アーノルド・ゲゼルの著書で心理学の本だと教えてくれた。そっと見ると千円だった。

「私の一ヶ月分の給料と同じだわ」

とても買えない、偉い先生しか買えない本なのだろうとがっかりしていると、

「読みたいの」

先生はがっかりしている私に、

「試験が終わるまで貸してあげるわよ」

という。天にも昇る心地がして、お礼を言い、本を抱きしめた。帰って和子先

生にその話をすると
「ちゃっかりしてるわね」

と一言。喜んでくれると思ったのにあまりいい気持ちがしないようだった。給料が千円だと話したことが、いけなかったのだろうか。

この保育園にきて三年半。保育の他に楽しみと言えば、寝る前に保育室のオルガンを自由に弾けること。そして借りて来たあの本を読むことだった。もっと勉強する時間が欲しいと思った。

お盆休みの日だった。和子先生は浦和の実家に子どもたちを連れて墓参りに行った。みんなはしゃいで
「まさこせんせいも行こうよ」

という。

「また今度連れて行ってね」

「本当に政子さんが好きなんだな」

英夫先生にも認められて、嬉しかった。みんなが出かけてしまうと急に家の中

が寂しくなった。

夕方の買い物もなく、銭湯にも一人でゆっくり行き、英夫先生と邦蔵先生と昔に返ったような雰囲気だった。私のことを美人じゃないが丸くて可愛かった、なんて冷やかされた。夕食も済み、それぞれ部屋に戻った。

オルガンの音がいつもより大きく聞こえる気がしたが、そんなことにもお構いなくのびのびと弾くことができた。私が幼かった時の童謡も歌いながら弾いた。まだ十時だった。それでも布団を敷き、蚊帳を吊った。その中で本を読むことにした。

本は、読みでがあった。まだ狼に育てられた少女たちの事は出てこなかった。しかし、幼児期の育ち方が将来に大きく影響することがよくわかった。お金持ちでもなく、小さな商店の長女に生まれた私はあのころ、大きな庭のある広い玄関や応接間のある家に生まれたかったと言って父に笑われたことがあった。今考えると、狼ではなくいい子に育てようとできるだけのことをして育ててくれたことがわかった。

「弟や妹の面倒を見るのが嫌だと言ったあなたが、保育の仕事をするの」

と母が笑ったが、だからこそ自信があった。

本からは目を離し、いつの間にか眠りかけていた。その一瞬、部屋の戸がする
すると開いた。「なんだろう」咄嗟に布団の上に正座した。

「ちょっといいだろう」

その声は、まるでいつもの英夫先生の声ではなかった。

「こんな夜中に明日にしてください」

「いや今日は誰もいない。ちょっと位いいじゃないか」

もう蚊帳に手をかけて入ろうとしていた。

「やめてください」

私は今まで出したことのないような悲鳴に近い声を上げた。けれども一旦蚊帳
をつかんだ手を放そうとはしなかった。入られてなるものか。私は怒りとこわさ
で、中から蚊帳を掴み、力を入れてひっぱった。蚊帳の吊り手が壊れて落ちた。

私はその蚊帳にくるまれた格好になった。

「少しぐらい、いいじゃないか」

捨て台詞を残して後ろ手にガラス戸を閉めて出て行った。

ひどい。ひどすぎる。幼い時から可愛がってくれていたあの先生が、全く信用の出来ない男だったのだ。それに何年もこの部屋に住み込んでいた私の情けなさ。今までだって覗かれていたかもしれない。もしそうでなくてもこんな鍵もない部屋に平気で寝ていた私の呑気さ。なんて馬鹿なのか。もうここにはいられない。どうしよう。

保母試験に受かる

保母試験が終わって間もなく、秋田先生に例の本を返しに民生局に行った。先生に、本を帰す目的は勿論だが、どうしても聞いてもらいたいことがあった。恥ずかしいことだが、私から起こしたことではないのだから、思い切ってあの日のことを話した。秋田先生は事務所から廊下のソファーに誘った。

「今の環境を抜けるには保母試験に合格していることが条件よ。資格があれば、別の保育園を紹介できるけど」

と言う。九科目の試験を残さずに受かることができるだろうか。一度に受からなくても二年以内に受かればいいことになっているが、今回絶対に受かっていなければならない。

「少しでも早く結果がわかるように、今週の日曜日に下北沢の私の家にいらっしゃい」

特別扱いには嬉しかったが、もし受かっていなかったらということが頭をよぎり、複雑だった。

次の日曜日、下北沢を降りて、教えられた道を辿ると、小さい生垣のある家に着いた。玄関には、秋田という表札が掛かっていた。

「ごめんください」

遠慮がちに声をかけた。すぐに先生の返事が聞こえた。

「あのう、丸山……」

いいかけた時、内側から玄関の戸が開けられた。

「よく来られたわね。ちょっと待っていてね」

私は玄関の三和土（たたき）に立って待った。先生は、奥から厚い書類を綴じたものを持って来た。

「あなた受験番号は」

ああ、番号で見るのか。これでは、先生が贔屓してくれるということはないのだ、と当たり前のことを思った。

「あのう、二四五番です」

先生は分厚い書類を繰り始めた。先生の顔色もなんだか心配そうに見えた。番号を探す時間が長く感じた。名前は書かれていないらしい。公平を期すためなのか。

「二四五番ね」

「はい」

「それなら受かっているわよ。良かったわね」

「ありがとうございます」

知らずに涙がこぼれた。

「いや、これは、貴方の実力よ。よかったわね。この間いったように、条件のいいところを世話することは出来るのよ。あなたのような真面目な人を欲しがっているの。でもね、私の立場では今の保育園から引き抜くということは出来ないの。あなたがそこを辞めて、別の保育園を探しているという状況でないとね。それには先ず、住み込みから独立するのがいいと思うけれど」

「ハイ、わかりました。なるべく早くそのように」

どうすれば実現できるか。今は全くあてもなく不安ではあったが、先生の心強い励ましに頑張ろうと思った。

「いろいろありがとうございました。失礼致します」

胸がいっぱいになり、涙をこらえながら玄関を出た。

嬉しい気持ちを誰に伝えることも出来ず、そしてこれからどうすればいいのか相談することも出来ず、考えているうちに三軒茶屋に着いた。ふと見ると薬局に張り紙があり、離れを貸します、とあった。ここは年寄り二人の店であることを前から知っていた。保育園との距離も丁度いいと思った。

「すみません」

声をかけた。

「はいはい」

お客と思ったのだろう、愛想よく奥さんが出て来た。

「あのう、離れはおいくらで」

「ああ、狭いんですよ。台所もトイレもないけれど。トイレは、庭から母屋のトイレが使えますけれど」

「それでいいのですが、家賃はおいくらで」

「二千五百円でと思っていますけど」

住み込みから出たいと言ったら、給料はいくらになるだろう。家賃の額より少しでも高ければ、ひと時だから我慢しよう。

「お借りしたいのですが、明日まで待っていただけますか」

「はいはい、いいですよ」

笑顔で応じてくれた。年寄り二人なので、男性には、貸さないつもりだったといった。私は帰ると先ず合格していたことを報告した。

「良かったわね」

「ハイ、お陰様で」

「では早く夕飯の支度にかかってね」

「わかりました。それで後でお願いがあります」

「なんのこと、あとで聞くわ。表に出たがっているから連れて行ってやってね」

乳母車を出して、るみ子ちゃんを乗せた。先生の子どもたちは、ママよりも私の方に懐いて、いつも後を追う。乳母車に乗せると表に出られることを喜んで、キャッキャとはしゃぐ。財布と買い物のメモを預かって、町に出た。商店街では、もう顔なじみになっているが初めの頃は、奥さん、お釣りです、なんて呼び止められて真っ赤になった。今は、鳩ポッポの先生と呼ばれている。

「大変だね。昼間は保育園、夕方からはお手伝い。奥さん助かるね」

「いいえ、そうでもないですよ。昼間は楽しいですから」

「うちの子どもなんかしゃべり方が先生に似てきちゃってね」

「この間、他のお母さんからも言われました」
○○でね。そうしてね。というのが私の癖らしい。いつの間にか、家でそのような話し方をすると懇談会の時、他の父母からも言われた。
そこの酒屋さんで味噌を買い、八百屋で馬鈴薯と玉葱、肉など、乳母車の中は、買い物の袋でいっぱいになって来た。るみ子ちゃんも足を引っ込めているが、おとなしくしている。

「もう、おしまいだから、帰ろうね」

るみ子ちゃんは、こっくりする。買い物が一通り済むと、今度は急ぎ足で家に向かった。

「遅かったじゃないの。どこでおしゃべりしていたの」

お帰りなさい、ご苦労様などと言ったことがない。

「いえ、別に」

保育園の先生なのに大変だね、と言われました、なんて言えない。食事がすむと、先生に呼ばれた。

「何か話があるんだって」

「はい、保母試験に合格したので、そろそろ自立したいと思ったのです。薬屋に間貸しの札が下がっていたのでそこに引っ越したいと思います。住み込みで何時までも、甘えていてはと思いまして」

「何を言ってるんだ。子どもたちも懐いているし、和子だって、体が弱いから、あんたに助けられているんだ。何も出て行くことなんかないじゃないか」

「でも今のままでは、勉強する時間も取れませんし、これから先を考えると、こんな手探りで保育の仕事をしていくのは」

「なぜ出ていくのか。先生が良く知っているでしょ」

私は喉元まで出ていたが、それだけは控えた。

「そうか、出て行ってもいいが給料は四千円ぐらいしか出せないからね、それでもいいのかね」

家賃を払えば千五百円しか残らない。けれど、しばらくの辛抱だ。覚悟を決めた以上、それでは暮らせないので、このまま置いてくださいなんていえない。邦蔵先生の考え方とは大きく違い、邦蔵先生も今は発言権もないように見受けられた。保育園経営で儲けようという姿勢が和子先生には露骨に見えた。穂高まで迎えに来てくれたことを思うと申し訳ないとは思ったが、邦蔵先生は、何にも言わなかった。

自立を目指して

酒屋さんは快くリヤカーを貸してくれた。布団と少しの衣類や雑貨を載せて一人で引っ越しをした。薬局の横の細い路地を入ると小さい中庭があり、そこに離れが建っていた、出来たばかりで木の匂いがした。今日からここに寝ることができる。あの保育室での夜がどんなに無防備であったか、あの夜を思うとぞっとした。

引っ越しの噂を聞いた父母たちは心配して見に来てくれた。三宿の引き上げ寮に住んでいた満里ちゃんのお父さんは、飯盒を貸してくれた。

「これでご飯とみそ汁が一緒にできるからね」

大家さんはそれを見て、コンロが空いているからこれを使いなさいと言ってくれた。お蕎麦屋さんは使った割り箸を薪の代わりにと持ってきてくれた。私は他の保育園に移る足がかりだが、父母たちは、住み込みでなくなったとしか思っていない。運動会が間近になっている。年長組になっているこの子たちに、心に残るものにしたい。けれども秋田先生の話では向こうの保育園も急いでいるという。私がだめなら、別の誰かが行くことになるのだろう。どうしても辞めたい。けれども、このまま、みんなの前から黙って姿を消すわけにはいかない。満里ちゃんのお父さんから父母の皆さんに家に集まってもらうように頼んだ。

あと半年で卒園するというこの時期にとても考えられない。父母たちは訳を聞きたいと膝をのりだした。私も勿論ここで、辞めるのがどんなに非常識かはわかっている。しかし、この間の様に鍵のない保育室を寝室にすることが、どんなに無防備かを経験した以上、あそこには住めない。通いにすれば、生活費が賄えない。何故急に通いにするのかを問い詰められたが本当のことは言えない。

「先生は、辞めて行くところがあるんですか」

「民生局の先生が、女中替わりの立場を見かねて、お世話すると言われたんです」

「そうだよ、まるで女中扱いだもの」

酒屋のお父さんが、大きな声で言った。

「そうなんですよ。こんないい先生を」

朝、子どもを預けて夕方迎えに来るだけのお母さんは、初めて知ったといい、みんなの顔を見回した。

「この間は、園長先生のお子さん三人を連れて銭湯に来ていましたよね。私なんか自分の子一人でも大変なのに、まだお若いのにびっくりしましたわ」

「そうなんです、私なんか初めのうち奥さんって言っちゃって」

「大変なのはわかりましたけれど、この子たちが卒園するまで、あと半年なんだから辛抱してもらえないかしら。夕食など家へきてくださいよ。何かしらありますから」

蕎麦屋を営んでいる和君のお母さん。

藤吉美恵子ちゃんのお母さんは試験が受かった時、お赤飯を炊いて招待してくれた。

「毎晩うちでもいいのよ」

「飯盒があるなら、茶碗と皿は持ってきてあげるわ」

常識的には年度の途中で放り出して行くなんて許されないことは私もわかっている。本当の事を言いたい。けれど、子どもを信頼して預けている保育園の英夫先生の行為を聞いたらどんな気持ちで預けられるだろう。これだけは私の我が儘な事情にとどめるしかない。

「しかしね、先生はまだ若い。今なら、是非といってくれるところがある。来年、家の子どもたちを卒園させた後、辞めて他に就職できるか保障がない。残念だけれど、ここは、気持ちよく先生の思い通りにさせてあげようじゃないですか。子どもたちは、いい子に育っているから大丈夫でしょう」

裕子ちゃんのお父さんの言葉に私は、とうとう涙をこらえられなくなった。

「本当に今になって、大事な時に申し訳ございません」

畳におでこを擦り付けてお詫びをした。暫く顔を上げることが出来なかった。

「わかりました。子どもたちには、お嫁に行ったとでも言っておきましょう」

博美ちゃんのお母さんが言うと、みんながそれが一番いいということになり、恥ずかしいと思いながらもほっとした。保育園には、九月いっぱいで辞めさせてもらいます。ときっぱり告げた。

自立に向けて

日曜日、秋田先生から頂いた住所と地図をバッグに入れて出かけた。玉電で渋谷に着くと山手線に乗り換え、品川で京浜急行に乗り換えた。窓からの景色はだんだん都会から離れて行く。青物横丁とか鮫洲とか、聞いたこともない駅名にだんだん寂しくなった。折角東京へ出て来たのにまた田舎のようなところへ行くことに〝都落ち〟などという言葉が浮んだが、これでよかったのだと言い聞かせた。

電車は、梅屋敷に止まった。一人しか通れない小さい改札口を出ると、目の前に青柳という和菓子屋があった。ウインドーには白い饅頭が五、六個並んでいた。私は疎開前の東京の我が家を思い出した。あの頃は、和菓子屋だったので食べ放題だったのに今日は土産に買うお金もなく、黙って通り過ぎるしかなかった。

広い通りに出ると、教えられていた目印のガスタンクが見えた。近くまで行くと、巨大なガスタンクは高いコンクリートの塀に囲まれていた。そのわきに細い路地があった。私は地図を確かめながらそこを曲がった。しばらく行くと、左手に貴船神社、その向かい側に青い塀と門があり、「子供の家保育園」はあった。

私はその門に付いているくぐり戸をそっと押した。すぐに開いてはっとした。中は、殺風景な庭で左手に藁葺き屋根の建物がある。ここがそうだろうか。保育園らしいイメージがない。日曜日なのでシーンとしている。玄関らしいところもないので、三尺の曇りガラスのはまった戸の前に立って、とんとんと叩いてみた。ハイ、という声でガラス戸を中から開いてくれたのは二十歳代半ばの女性だった。

「丸山政子ですが」

「ああ、待っていましたよ。丸山さんです」

「上がって、こちらへ来てもらって」

「どうぞ、靴はその横の子どもたちの下駄箱に置いて、それでここから上がってください」

言われた通り靴を脱ぐと、屈んで靴を取り、体を捩じって、横の下駄箱の一番上に載せた。

初めに出迎えてくれた女性も一緒に案内された部屋に入った。そこは事務所かと思ったら、六畳の座敷でベッドがあった。

「びっくりしたでしょう、ここは、私たちの住まいであり、事務所なの」

あまりのことに驚いたが、顔には出さないようにして、初めまして、丸山と言います。と手をついて挨拶をした。

「びっくりしているんでしょう。隣の部屋に私が住んでいるのよ。主任の金屋といいます、よろしく。その隣に丸山さんが住むことになるのよ。住み込みはどこも厳しいわね」

　あははと大きな口を開けて園長の方を向いて笑った。

「でも安心してね、あなたを女中替わりになんか使わないからね。それより勉強よ」

　二人は笑って迎えてくれたが、私は正座して畏まっていた。

「秋田先生に聞いたけれど、言われたことをなんでもこなすから、いいように使われていたんですってね」

「私なら、そんなにできません、ていったかもね」

　金屋さんはそう言ってまた笑った。

「でも保育園は立派だったんでしょ」

「ハイ、園長先生が、庭の手入れをしていらして、垣根はコスモスの花で、ダリアがご自慢でいろんな種類のダリアを咲かせてその周りを三輪車が走れるようにしていました。その道にやがてブリキで動物の絵をかいてトンネルを作り、遊園地のようでした。園長先生は、初めて会う人から、小使いさんと間違われていました。いつも作業服でしたから。若い先生とは大違い。気の毒なようでした」

「そこから、ここへ来たらびっくりしたでしょう」

私は本当のことを言われて困ってしまった。

嫌ならほかを世話してもいいと言われた秋田先生の言葉が頭をよぎった。庭には花一つなく池もない。「鳩ポッポの家保育園」では、池の周りには菖蒲やあやめが植わっていて亀が甲羅干しをしていた。保育園は立派だったが、それは軍隊の酒保の後だからだ。立地条件が良かったのだ。英夫先生夫婦はそれを利用して、私腹を肥やすことしか考えていなかったように思う。

秋田先生の話の中に、「監査に行くと鳩ポッポの家保育園では昼食に天丼や親子丼など用意するのよ。勿論頂かないけれど、子供の家ではお茶一杯よ。だって保育料にそんな予算はないからね」と言って笑っていらした。儲け主義の保育園とは違うことを言われたのだろう。

子供の家保育園には最低基準を満たす、ブランコ、滑り台、砂場があるだけだった。

「保育室の方を見てみますか」

「そうね。びっくりするわ」

金屋先生が立ち上がった。私は後に続いて部屋を出た。そこは、だだっ広い板の間で柱が四本立っていた。十二畳、八畳の部屋があったのだろうか。一間幅の廊下が建て増しされている。びっくりしていると、金屋先生は笑いながら言った。

「聞いていたより大変なところだと思ったでしょう」

「ええ、秋田先生は、この保育園は見た目は貧しいけれど働く保母を大切にすると言っていましたが、建物や設備については、何もおっしゃっていませんでしたから」

「ここはね、この地域に保育園が欲しいという地域の要求からできたの。この屋敷は与五衛門さんの庭と呼ばれていて、主は白馬で出かけていたと地元のお年寄りは言うの。でも戦後は大野さんという方の屋敷だったらしいのよ。そこを日本教具という会社の組合が保育園にして、自分たちの子どもを預けることにしたの。そこで大野さんの友人だった埴原さんがここに住み、園長を引き受けることになったんですって。埴原さんは、樺太から引き揚げて家がなかったので引き受けたの」

私はただ黙って聞いていた。樺太からの引き揚げとか労働組合とか、聞いたことのないことばかりだった。

「この床だけどね、畳を上げただけなのよ。畳の下にこんな厚い板なんて本当にお大尽だったのね。子どもが暴れてもびくともしないの。ただクラスの仕切りがないからこの衝立を置くのよ」

クラスごとの保育室はないという。子どもの声も保母の声も隣のクラスに聞こえる。私が黙っていると、

「大丈夫よ、庭で遊ぶクラスや粘土遊びに夢中で他のクラスなんか気にしないで。そこは私たちの工夫次第よ」

「そうですね、お互いに保育計画を立てることで勉強になりますね」

わたしは今まで自分のクラスのことだけを考えそれで精一杯やって来た。保育研究なんか一度もしなかった。ただ子どもたちが、怪我もなく一日を楽しく過ご

させるための努力をしてきた。

「どうかしら、ここでやっていけそう」

「はい、お願いします」

私はきっぱりと返事をした。

「来月から来られるかしら」

「はい、そのつもりです」

事務所兼園長の住まいに戻った。

「三ヶ月は五千円、それから五千五百円になります」

もう少し高いかと思ったが、今はそれでも我慢するしかないと思った。帰りの道は思ったより近かった。

京浜急行も各駅停車と急行があるのがわかった。幼い頃父親に連れられて羽田へ潮干狩りに来たのを思い出した。

転勤

子供の家保育園が資格のある保母を急いで探していたのは、少し離れた処に無認可の保育園を創設するためだった。

世田谷の保育園の園児の家庭は、戦後八年が過ぎても、夫が戦死、或いは抑留でまだ帰らず、女性が働いて子育てをしている。みんな一日一日を過ごすのが精一杯だった。朝お釜を質屋に入れて、ニコヨン（一日の日当二百四十円）とよばれた日雇い仕事の帰りにお釜を出してくる、などという話もあった。早く子どもを預けて行かないとニコヨンの仕事にもあぶれてしまうと言って、鳩ポッポの家保育園に居たころ、伸ちゃんは規定の七時半より早く登園してきた。

子供の家保育園は少し事情が違っていた。サラリーマンの家は極少なく、海苔漁業者が主だった。新潟などからの出稼ぎも多く、大所帯の家もあれば、やはり戦争未亡人となって工場に行く人もいた。海苔業の手伝いをする人、夫婦だけで町工場をやっている人と本当に様々だった。

大田区には、都立の保育園が二園、入新井保育園と羽田保育園。区立が一園、矢口保育園があった。私立が八園で、貧しいとはいえ、子供の家保育園には大森一丁目から八丁目、森ケ崎、糀谷（東と西に分かれていなかった）と広い範囲から登園してくる子どもたちがいた。せめて、糀谷にもう一つ保育園があればという親たちの希望があり、父母の会が開かれた。

そこで、父母の会の会長をしていた鈴木冨佐さんが糀谷の地元のみどり婦人会の人たちと話し合い、長田家の客間を借りて保育を始めることになった。

しかし、素人だけでは難しいということで、子供の家保育園の主任保母だった井手ナホ先生に声が掛かった。井出先生は、戦前からの保育経験者で、子どもの家保育園設立から大きな役割を果たしてこられた。

軌道に乗るまで、給料は子どもの家から応援するということで、子どもの家保育園も貧しくなるのは、仕方がなかったようだ。鈴木冨佐さんは園長という重大な役を負い、しかも賃金は無料だと後に聞いた。そこで子供の家保育園はクラス

子供の家保育園の職員と子どもたち

を担任でき、しかも低賃金でも我慢できそうな保母を探していたということだったのだろう。

それにしても、私の転園はこれでよかったのだろうか。十月は、どこの保育園も、運動会の準備で遊戯や競技で毎日賑やかだ。残してきた子どもたちがしっかりやってくれるだろうかと、寝床に入ると涙が止まらなかった。けれど現実は、今をきちんと、保育することだ、と自分に言い聞かせた。

私が担任するのは、三歳児クラス。早速父母の会を開いた。私も父母もとても緊張していた。世田谷の父母たちとは異なり素朴な感じがした。父母たちは、初めて会う目の前の若い保母が井手先生のように保育できるのか、心配で膝を突き合わせての様子に私はますます緊張した。

園長は「三年以上の経験者ですから」と紹介してくれた。父母たちは、ほっとしながらも、異口同音に言ったのは、

「絶対辞めないで下さいね」

ということだった。井手先生の後、何人かの保母が来たがみんなすぐに辞めてしまって、私で四人目との事だった。

この保育園の設備や待遇の現状だけを見れば、憧れて保母になった若い女性が辞めてしまったことも頷ける。

「私は、決して辞めることはありませんから、そして何か心配なことがありましたら遠慮なく話してください」

と挨拶した。運動会が十日後に迫っている。三歳児はどこから見ても、出場するだけで可愛い。遊戯など日頃の手遊びに曲をつける程度で子ども自身が楽しけ

ればいいと思った。それにつけても残してきたあの子たちは、ちゃんと教えた通り、年長組らしく保育園最後の運動会を楽しんでくれるだろうか。そんなことを思う自分の身勝手が許せなかった。飛んで行って、応援したいとさえ思うと、夜は布団に入って涙を流す日が続いた。

運動会には母親たちも出たいという意見が出た。私は女学校で習っていたフォークダンスを提案すると大賛成だった。子どもを迎えに来た時のほかに一度の土曜日に練習して、曲に合わせることができた。「オクラホマミキサー」を選んだ。

会場は庭に続く原っぱだ。準備は父親たちの出番だった。朝早くから庭の凸凹を直し、観客席との境に綱を張り、保母の手が行き届かないところを支えてくれた。

子どもたちの日頃の姿を見た父母の感激ぶり。我が子がこんなことができるのかと、拍手の嵐。その上、父母の出番の借り物競争では、園長の走る姿を初めて見て、その慌て様に大笑いと拍手の応援。終わってから、クラスごとに記念写真を撮った。写真屋のお父さんの好意でみんな大喜び、無事運動会は終わった。

目覚め

私は、保育について幼児教育という観点でもっと深く勉強しなければと思った。今は、園長の家の雑用に振り回されることもないのだから、そのための時間は自由になった。

お茶の水の女子大学の教授周郷博著『教育社会学』は読み応えがあった。親が子どもを叩くのは、論理的に子どもに負けているからだ。子どもを負かすのは、力によるしかない、そこで手を挙げる。これは奴隷と同じだ——読んでいて、なるほどと思った。

先日、大田診療所の事務所のただし君のお母さんが、いつものように怒ってお尻を叩こうとしたら、自分でお尻を叩いて、押し入れに入って中から戸を閉めてしまった、と笑って話してくれたが、「子どもの方が賢いね」と大笑いをしたことを思い出した。

学習することの楽しさ、保育に生かせる喜び、毎日が精一杯で心地よい疲れで布団に入ると、直ぐに眠りについた。

しかし、食事については自分で考えなければならない。お米の配給は二十日分ぐらいなので、足りない分はパンやそば、うどんで済ませるしかない。茹でた一玉が十円だ。キャベツは使い方でいろいろな料理になるので、それを用意し、卵も一個十円。焼き竹輪も一本十円。朝はキャベツのみそ汁昼は焼きそば。これは貧しさ故に最も考えたものだった。焼き竹輪は半分に切り二日分、キャベツは一枚はがして千切り、これとひと玉十円の中華麺を炒め　ソースで味をつければ、早くできるし美味しい。毎日食べても飽きないくらい、得意料理だった。キャベツは、刻んで夕飯のおしんこに、卵焼きは母の味と同じ。これも満足だった。

それにしても倹約できないものもあり、五千円の給料は確かに厳しい。時々前借をしている職員もいたが、それだけはするまいと決めていた。持っている一ヶ月分には手を付けず、次の給料が入ったら、前月の給料を使うようにした。食費のほかには衛生費しかなかった。銭湯に行くことと、土曜日は美容院に行くことだった。

私の髪はとても多く、そして堅いので、放っておいたら歌舞伎の「毛抜き」に出てくる八剣玄蕃という悪役の髪型の様になってしまう。それでパーマをかけて、土曜日は美容院でピンカールだけをしてもらう。それだけなら五十円だった。翌朝自分でピンをとって整えればよかった。そんな苦労を知らない園児のお母さんたちは、いつもきれいにしていますね、とほめてくれた。

ようやく一人暮らしに慣れて来た。好きなだけ仕事をし、好きなだけ勉強することができる。こんな時間を持てるのは、生まれて初めてのような気がする。

ある日のこと、子どもたちも帰って、保育室の掃除も終わり、ほっとした時、園長先生が帰って来た。がたがたしたドアを開けて、

「ただいま」

と奥にいる一人娘の丞子ちゃんに声をかけた。

「おかえりなさい、お疲れ様」

金屋さんと出迎えた。

「今日はおかしかったわよ」

園長は思い出し笑いをしている。金屋と私は顔を見合わせた。

「園長会が終わった時、鳩ポッポの家保育園の兜木氏が私のところへ来てね、『ひどいじゃないですか』って抗議してきたの。この前、朝日新聞の取材を受けて保母のおかれている劣悪な状況の例として、丸山さんの例を話したら、それが新聞に載ったでしょう。兜木氏はそれを読んで、抗議してきたんだけれど、新聞には本名なんか載せていないのにね、それで『お宅だったんですか』って言ってやったのよ」

そんな時すぐ青くなる兜木の顔が目に浮かんだ。思い当って、思わず名乗ってしまったのだろう。

「私のことだったんですか」

「それもあったけど、一般論として今多くの保育園は家内労働で成り立っているし、予算がないから、保母はみな低賃金なのだということなのよ。一般の人の理解がなさすぎるからね」

そうだったのか。子供の家保育園は保母を大事にすると秋田先生がおっしゃった割には給料が安いと思ったけれど、もともと厚生省の予算の中で人件費が安いということか。聞けば、給食費だって七円十銭とのこと。戦前ならともかく今頃十銭なんて、役所では通用するのかとおかしかった。

七円十銭という中身は昼食に味噌汁、それも落語に出てくるような汁の実は探す程度。おやつはユニセフの脱脂粉乳にクッキー一つ。保母も園児もこんな粗末な状況でもそれは仕方のない現実と諦めていた。主食は、子どもが家から握りしめてくる十円でパンを注文するか、家から弁当を持って来るのだった。のり弁がほとんどで副菜はついていなかった。

「政子さん、お茶飲みにこない」

夜になると、金屋さんは政子さんと呼んでくれる。頼りになる姉のようだ。

「はい、ありがとう御座います」

私は湯飲み茶わんと座布団を持って行った。二人の部屋は六畳の真ん中に鴨居をつけて板戸で仕切られているだけだ。鴨居の上は筒抜けになっている。

「今晩は」

「どうぞ、たまにには、ゆっくりおしゃべりしましょう」

金屋さんは、小さい丸い卓袱台の上に茶菓子を乗せていた。

「今日はびっくりしました」

「本当ね。園長もびっくりしたり、おかしかったりしたみたい」

「そうでしょうね。あちらは身に覚えがあるから、うっかり名乗ってしまったのね」

「ところで金屋先生は、東京ですか」

「そうでしたけれどあの大空襲で両親とは生き別れ、私と妹は、岡山の叔母に引き取られたの。学校を卒業したら、私は見合いをさせられることになってね、いやだったから、その席のテーブルに『アカハタ』をたたんで置いたら、破談になったわ」

私はびっくりした。

「共産党なのですか」

「いや、そうすれば断られると思ったから」

それで叔母のところに居られなくなって、東京へ来たという。ずいぶん大胆なことをする人だと思った。

「このお菓子は叔母から送って来たの。どうぞ」

胡桃の入った珍しいお菓子を美味しくいただいた。

「この茶碗は岡山の焼きものなの。あなたにあげるわ」

それは茶色っぽい厚手の焼き物だった。今まであまり見たことがなかった。

「備前焼よ」

そういわれても、よくわからなかった。

「有り難うございます。先生も苦労されているんですね」

二人の間では金屋でいいのよと言われた。なんだか久しぶりに、日常的な会話を交わしたことに緊張がほぐれた。銭湯も一緒に行くのが日常になった。

金屋さんも私も、いや日本中の人が明治憲法のもとにどのくらい苦しめられたか。戦後に新しい憲法を習って、絶対に戦争をしない、という国になったことでどんなに喜び安心したことか。ただ、あんなに鬼畜米英と教えて、英語は敵国語だと授業から外しておきながら、急に英語を大事な国際語だという国の姿勢には腹が立った。単純な私に対して、金屋さんはその度に、いろいろなことを教えてくれた。

「戦争に反対した哲学者や文学者、芸術家などは刑務所に入れられたのよ。共産党や共産党に協力したり、援助をしたらしいという党員でない人まで拷問にあったり殺されたり」

その人たちは非国民ではなかったのか。お国の為に協力しなかったのだから、お国の為にならない人や国の方針に反対する人は非国民なのだから殺されても仕方がないと思っていたし、そんな人は一人か二人だろうと思っていた。子どもだったので共産党については無知だったが、それなら共産党が一番正当な人だったのだと思った。学校の先生たちは知っていたのに教えなかったのだと今更ながら戦前の教育に失望した。

立ち上がる保母

「今日、保育が終わったら、鳩の森保育園に行きましょう」

「何かあるのですか」

　講習会かと思った。

「保母の集まりがあるの。あなたが経験しているように保母の置かれた状況はとてもひどいものでしょ。こんなことで子どもたちの状況が良くなるわけはないと思うのよ。この間労働基準局で調べたら、保母は紡績工場の女工さんの厳しさに精神的厳しさを加えたものだという結果が出たのよ。このままではいけないという人たちで集まるの。行くでしょ」

「はい、お願いします」

　手縫いでこの間漸く創ったばかりのギャバジンのタイトスカートに履き替えて、六時過ぎに出かけた。肌寒くなってきたこの頃、しばらくぶりで山手線に乗った。金屋さんと一緒なので、心配はなく、わくわくしていた。

代々木駅を降りると、もう真っ暗だった。貨物列車の線路とかいう踏切を渡り、暫く行って左手に曲がったところに鳩の森保育園はあった。石段を十段ばかり昇ったところに玄関があり、下駄箱はいっぱいで足の踏み場もないほど、履物が並んでいた。それでもここは子供の家と違ってちゃんと玄関があることに妙に感心した。促されて、中に入った。保育園のホールで園児たちの椅子にみんな座っていた。

この保育園はホールもあるのだ。羨ましいと思った。ようやく空いた席に座った。金屋さんは、前の方に行った。既に待たれているようだった。

「お待たせしました。早速始めたいと思います」

私はよくわからなかったが、みんなが拍手をしたので一緒に拍手をした。挨拶に立ったのは金屋さんより年配の人だった。

「今夜お集まりの皆さま、お互いに知らない方が多いと思います。それぞれの保育園では一生懸命保育に励んでいるのですが、つらいことも沢山あるのではないでしょうか。今日は、それぞれの現状と言いますか、悩みなどざっくばらんに話し合いましょう。こんなことはと遠慮することなく、みんなの問題だと思って発言してください。そこから今後のことを考えましょう」

とても落ち着いて挨拶する人が同じ保母とは思えないほどしっかりしていた。

「ハイ」

手を挙げたのは若い人だった。

「私の保育園では保母学校で資格をとった人と試験を受けて保母になった人と、給料に差があるのです。学習してきたことや保育の内容はまったく同じなのに」

免許証は一種と二種に分かれている。私も二種となっている。あの人も保母見習いから資格をとったのか。私は自分に引き寄せて親しみを感じた。

「はい、あのう私は結婚して共働きなんですが、今は六畳に台所というアパートに住んでいます。夫も国鉄の下請けで低賃金なんですが、もうすぐ子どもが生まれます。せめてもう一部屋欲しいのですが、給料はあまりに安いのです」

見ると大きなお腹をしている。

「これは園長だけの責任ではなく、保育料の中の措置費に占める人件費が低いのです。国の制度が問題なんですよね。一人ずつ、ばらばらでなくみんなで厚生省などに働きかけていく事が大事なのではないでしょうか」

後ろの方から発言があった。みんな同感の拍手をした。

「ほかにどなたか」

金屋さんが私のほうを見た。発言を求められているようだと思ったが、余りにもひどかったことを話すのが恥ずかしくて、黙っていた。

「保育園には住み込みをいいことに、女中扱いのところもあるんですよ」

金屋さんが言うと、新聞で読んだわ。というようなひそひそ話が聞こえた。

生理休暇が欲しいという発言もあった。生理の時は、我慢の出来ないほどの痛みを感じたことがある。思わず拍手をした。

「今日は相談する会という計画だったのですが、どうでしょうか。ここで一つの会を結成しませんか」

司会をしていた金屋さんの提案に、みんな「賛成」と言って拍手をした。

「何ていう会にするんですか」

「これから何をしていくのか決めていないのですから『東京保母の会』ではどうですか」

「いかがですか」

金屋さんがみんなに呼び掛けた。

「いいと思います」

誰かが言うとみんなが拍手をした。私もいい名称だと思った。

「あのう、初めてこのような会に来たんですがとてもよかったと思っています。ただこれからどのようなことをしていくのか、ここで会長とか委員とか選んでおく方がいいのではと思うのですが」

思わず言ってしまってから顔がほてるのを感じた。

「それがいいと思います。会長はともかく委員会を作っておいた方がいいですね」

誰かが賛成意見を述べてくれて、私はほっとした。

東京保母の会結成準備

金屋さんは、保育が終わると度々保母の会の委員会に出かけるようになった。そして夜中に近い十一時頃帰って来た。私たちは、保育後の掃除など、金屋さんの分まで引き受けることになったが、別にその分大変になったという気持などはなく、むしろ遠くまで出かけては夜遅く帰る金屋さんが心配でもあり、希望でもあった。話はどこまで進んでいるのだろうか。

「今日はね、井手なほ先生も見えて、あなたが子供の家に来てくれてよかった。と言っていらしたわよ」

「そうですか。この前、お見かけしたけれどあまりお話しできなくて、会長さんは決まりそうですか」

「それがね、なかなか困難なの。みんな家庭の事情もあるし、社会的なこともあって……。私は、保育園のみんなに負担かけると思って辞退していたけれど、結局、副会長を引き受けたの」

「適任ですよ。いろいろご存知だし」

「この次までにどうしても会長を決めたいの。候補者はいるんだけれど」

「この間の会でも適任と思われる方がいらっしゃいましたね」

「東京保母の会はアカイから、入ってはいけないと園長からきつく止められている保育園もあるの。その中で、隠れて入っている人もいるのよ」

「そうでしょうね。鳩ポッポでは他の園の人と話してはいけないといわれていましたから、増子トシ先生のリズム遊びや遊戯の勉強会に行かせてもらうのがやっとでした」

「保母が自立していくと怖いからね」

話を聞いていた園長先生が笑いながら思わせぶりに言うので、金屋さんは、

「そうですよ、給料上げないとストライキするかも」

「できるかしら」

二人は冗談を言っているようだが、私は、一方的にあの保育園を辞めてきたの

だから、ストライキ以上かもしれないと思った。

それにしても金屋さんの話している東京保母の会がアカイからというのは、おかしいではないか。共産党をアカというのは知っていたが、共産党は、戦前ならともかく、今は政党として活躍している。思想の自由は憲法で保障されている――敗戦後、定時制高校で習った言葉を思い出した。労働基準法とか労働組合を結成して会社と交渉する権利がある、ということも印象に残っていた。


子供の家保育園に来てから、あっという間に年の暮れになった。家から縫い直しのふんわりした寝具が送られてきた。手紙には今までの布団を送り返すようにということと、危険な保育園に移ったので今後、責任は負えない、という手紙が兜木先生から来たけれど、政子のことだから心配はしていない、と書いてあった。

「いいわね。お布団が届くなんて」

金屋さんにいわれて、改めて有難いと思った。毎年のことなので、あたり前のように感じていた。正月には、お土産を持って帰るからと、返事を出した。

暮れも迫ったある寒い日、若い男性が保育園を訪ねて来た。内山と名乗り、ぜひ話を聞いて協力してほしいとのことだった。

「私は、松川事件の被告を応援しています。まったく覚えがないのに被告にされて、いま無実を訴えて必死で闘っています。署名簿を置いていきますのでその事情を理解し、御協力お願いします」

「本当にひどいですよね。共産党と組合潰しですよ」

金屋さんは園長を呼んだ。園長は聞こえていたのかすぐに来た。

「大変だけれど頑張らなければ。このことは当事者だけの問題ではないのよ。誰の陰謀か、みんなで真実を突き止めなければ」

園長は、いろいろな人たちに訴えるから、署名簿は沢山置いていきなさいとその人を励ました。私は詳しいことはわからなかったが、後で、金屋さんに聞けばいいと思った。

「今夜は私の部屋へどうぞ」

夕食が終わって一段落、金屋さんは署名簿を持って来た。

「やることが卑怯なのよ。あの松川駅に近い所に少し不良じみた十六歳の赤間という子がいてね、その子を警察は先ず捕まえたの。近所の人は、あの子なら、いたずらをして線路に石でも置いたんだろうって言ったの。赤間さんは勿論そんなことはしていないのよ。

警察の取り調べに対して、〈やっていません〉て言ったの。そうしたら刑事はね、煙草のピースの箱を見せて〈これは、丸いか四角いか〉って聞いたの。当然、四角いと言ったらね、お前は正直だといって、食べたこともないようなご馳走を出して、〈この人と一緒か〉といって写真を見せたんですって。

その人は、見たこともない人だったので、〈知りません〉て答えるとね、〈お前は正直な人間だ。このピースは丸いか〉とまた聞くんですって。〈四角いです〉というと〈そうだろう。だからこの人を知っているはずだ〉。でもその人は知らないというと、またピースの箱を出して、しつこく聞くんだって。何度も繰り返すうちにどうでもよくなってしまって、知ってますと言ってしまったのね。

その人は、赤間は知らなかったけれど東芝の組合員で、組合の指導的立場にあった人だったのよ。そこで今度はその広瀬という人を捕らえ、お前は共産党員だろう。仲間と転覆事件を起こしたに違いない。と拷問にかけ、耐えきれず、被告にでっち上げられたのよ。でも証拠不十分で、すぐに処罰は出来ず、彼にそそのかされたと言わされた人も、そのまま刑務所入り」

「その事件て、いつ頃の事ですか」

「この署名簿によれば、一九四九年八月一七日とあるわ。この年は、七月三日に下山事件、七月一三日に三鷹事件と続けさまに不気味な事が起きているのよ」

「ああ、私は兜木先生たちと、ニュースで聞いていましたから、私も、酷いことをする人がいるものだと思っていました。その頃に三河島事件だったか脱線事故で大勢亡くなりましたね」

「でも松川事件や下山事件は仕組まれたものだったのよ。共産党や労働組合が力をもつことを恐れたのではないかと思われるのよ」

「組合や共産党はよくないのですか」

「そんなことないわよ。アメリカは日本を思い通りにしたい、それには民主的な勢力が強くなるのを恐れているの。この前の下山事件だって三鷹事件だって、原因は闇の中でしょ」

「金屋さんはどうして、いろいろなことに詳しいのですか」

私はお茶を注ぎながら、訪ねた。

「私、『アカハタ』っていう新聞をとっているんだけれど、それには本当のことがきちんと書いてあるのよ」

「どうして、『朝日新聞』にはそのように書いてないのですか。事件のことは出ていましたけれど」

私はそのころ「朝日新聞」をとっていた。遠藤周作の連載小説「おバカさん」が面白かった。

「東芝とか三菱とか大手の会社から広告料など貰って新聞を出しているからね。そんな会社に不利になることは書けないのよ」

「おバカさん」は面白いのに、と思っていると金屋さんは新聞を交換して読もうと言ってくれた。

なんだか今日は保育園のこととは違った話で、今まで何も知らずに生きてきたことを恥ずかしく思った。

「じゃあ、明日は早いからもう寝ましょうか」

仕切りのカーテンを潜って隣の部屋へ戻った。板戸が一枚足りないので、足元はカーテンだ。それでも鳩ポッポの家保育園での部屋を思えば余程気楽だ。三畳の畳いっぱいに布団を敷き、床に就いたが、なかなか眠れなかった。金屋さんのいうのが間違っているとは思えないが、しかし東京保母の会はアカイから近づくなという話を考えれば、確かに世の中はおかしいと思った。

正月

保育園は十二月二十九日まで保育し、三十日は大掃除だった。大掃除が済むと里帰りの支度を始めた。お土産といってもこの近くに土産店などない。そうだ、渡辺君の家はあさりを獲ってきて家の前でバケツに入れて売っている、この間はむき身を作っていた。穂高であさりのみそ汁など無かったことを思い出した。急いで手拭いで袋を縫った。渡辺君のお母さんがあさりはビニールでは死んでしまうからといわれていたから。

「汽車の中も暖房が効いているから、このまま座席の下に置くように」

あさりを汽車に載せるのは初めてだとおまけをしてくれた。

「ご両親によろしくね。しばらく振りでゆっくりしていらっしゃい、と言っても正月も三日までだけれど。元気な顔を見せていらっしゃい」

手拭いで髪を纏めている渡辺君のお母さんは、母より老けて見えたが、生き生きして見えた。

園長夫妻と金屋さんが見送ってくれた。

丞子ちゃんも手を振って送ってくれた。まだ朝の五時だった。みんなに早起きをさせてしまった。

「早く帰ってきてね」

新宿には六時過ぎに着いた。もう帰省客で乗ろうとする準急列車のホームに立つことが出来ない。ホームから陸橋までの階段は行列になっている。予想外の状況に私は仕方なく、その列の最後尾に着いた。準急に乗るつもりで高い乗車券を手に入れたのだが、この人たちもそのつもりらしく、列車が入っても準急ではないのか、少しも前に進まない。あさりが死んでしまうのでは、と少々気になった。手拭いの袋が丸出しになっているので誰からも見られているような気がした。

一時間以上も経ったろうか、ホームに列車が入ったらしく階段に座り込んでいた人たちが立ち上がりようやく動き出した。陸橋から階段までたどり着き、前の人に続いて木製でしかも油で汚れた階段を一段一段のろのろと降りた。もう少しだ。

時計を見たら八時になっている。何とかして今入って来た列車には乗りたい。六時間以上はかかるし、その先大糸南線に一時間は乗るのだから、家に着くのは、夕方だ。勿論座席には、座れなかったが、直ぐ近くの男性が、私は甲府で降りるからと声をかけてくれた。この人もしばらくぶりの帰省なのだろう。私は軽く会釈をし、二時間ぐらいの辛抱だと思った。

想像していた通り、冬の日は暮れかけていた。穂高の改札口には「もうくたびれた」という顔と、しばらく振りに逢う恥ずかしさみたいな顔で、弟たちが迎えてくれた。手紙には、書いていなかったのであさりのお土産にびっくりしていた。袋の中であさりが動く音がした。

「まあ、何年ぶりかしら」

母は、嬉しそうに洗い桶に塩水を作ってあさりを入れた。口をあいたあさりはなかった。

「よく長い時間もったな。やっぱり獲れ立てだったからだな」

父も喜んでいた。穂高で生まれた妹は洗い桶をずっと覗いてあさりを見ていた。東京にいる頃は、潮干狩りのシーズンは勿論、海水浴の時期になっても、潮の引く時間を目当てにハマグリを見つけるのが父との年中行事だった。そのうち、戦争も激しくなって潮干狩りどころではなくなってしまった。

母には、前日買っておいた食パンを持ってきた。松本まで行っても、何故かアンパンはあっても食パンはないので、

「食パンが食べたいね」

と母はよく言っていた。一斤だけ買ってきた。母はこんがりと焼いた。みんなで美味しいと喜んでくれた。東京では電気コンロを真ん中によく母と二人で焼いて、バターをたっぷり塗って食べたものだった。こんなものまで久しぶりなんて。戦争さえなかったら、と思ってしまう。

三日はあっという間に過ぎた。父は、松本まで行って、帰りの指定席の切符を買ってきてくれた。「高いのに」と思った。

東京での生活については一晩では話しきれず、二日目のお汁粉を食べながらも続いた。泣くまいと思っても、いろんなことがありすぎて、悲しい涙と嬉しい涙で泣き虫の私は思い切り話し続けた。四年ぶりにあった弟は中学生になっていた。伸び盛りとはいえ、食後にまだおはぎを食べるというのにはびっくりした。弟は珠算を教えて小遣いを稼いでいるんだと自慢していた。男の子だけれど忙しい時は夕飯の支度を手伝ってくれる、と母はほめていた。四年ぶりに過ごした家での正月は、あっという間に過ぎた。

三日、夜遅く保育園に帰って来た。電気が消えていて静かだった。列車の中では、快い疲れを感じていたのだが、自分の部屋に入ったとたんに、明日からのことを思った。子どもたちは、どんな正月を過ごしたのだろうか。考えるとわくわくして来た。この保育園を取り巻く地域は海苔業を生業（なりわい）としている地域だ。暮れから三月までが勝負ということで、夜中の二時から仕事が始まっている。海に仕掛けてあるシビから海苔を網に採り、小さな船で川を伝って家の傍まで運び、そこから上げた海苔を水洗いし、特殊な包丁で細かく切る。その音が夜中の三時頃から聞こえてくる。夜中の聞きなれない音に初めは何事かと思って、金屋さんを起こしたこともあった。十一月の末からの年中行事なので、驚くよりも「大変な仕事だなあ」と感心するばかりだ。不作だとその年は、商店も不景気になるとのことだ。

四日は新年会ということで、園児は全員ホールに輪を描いて集まった。ホールと言っても、ただ日頃つかっているクラスを区切る衝立を除いただけだ。

園長がみんなに、「おめでとう」と挨拶した。子どもたちも元気に、「おめでとうございます」と張り切って挨拶した。金屋さんはみんなをぐるりと見回して、にこにこと一人ひとりの様子を見た。みんな笑顔で何かいいたそうだった。

「お正月は何していた。お雑煮を食べた人」

「はーい」

全員が嬉しそうに手を挙げた。

「ほかに何したかな」

「はい、私いい着物着たの」

「僕なんか、浅草行ったんだぞ」

「あのね、ぼく、代々木行ったの」

みんなが俊也君の顔を見た。

「明治神宮でしょ」

「違うよ」

「そうか、みんなで行ったのね」

金屋さんが言った。子どもたちは、田舎に行ったとか、動物園に行ったとか、口々に話した。

　全員の話が終わった。私も最後に田舎に行って家族に会ってきた話をした。

「汽車に乗ったの」

　いいなあ、という子。先生もお母さんいるの、なんていう子。可愛い質問も来た。あさりのお土産の話にみんなはびっくりしていた。子どもたちは飽きるほど食べさせられているのだろう。

　その日の夜、金屋さんに聞いた。俊也が代々木と言った時、園長と顔を見合わせていた気がしたからだ。

「俊也君はお父さんに連れられて、共産党の本部に挨拶に行ったのよ。意味はわかっていなかったけれど、とても誇らしい父親の姿にきっといいことだったと思ったのね」

「共産党」

　私は、少し驚いた。日本教具の立寮から通っている子だった。

「あそこの人たちは、みんな」

「そんなことはないわよ。誰かなんて公表していないからね」

私は共産党が自分の身近で普通に暮らしているのだと少し驚いた。

母のところへ「もう責任は持てない」という手紙を出した兜木の中身はそれだったのか。しかし、俊也君の両親はとても穏やかで、いつもニコニコしていた。時々、「昨日はお父さん泊りだったんだ」と話すこともあった。

家庭訪問

ある時、みんなが帰ったのにまだ迎えに来ない淳ちゃんがポツンと先生と折り紙をしていた。

「先生、すいません。ご飯食べようとしたら一人いないからびっくりして。大勢だからみんないると思って」

ハアハア言いながら迎えに来た。保母たちは大笑いした。

「可愛いから、貰っちゃおうかと思ったのに」

冗談を言うと淳ちゃんは慌ててお母さんにしがみ付いた。やっぱりお母さんにはかなわないな。私は自分にもこんな子が欲しいと思った。

園児たちがどんな風に家庭生活を過ごしているのか家庭訪問をしようと思った。

金屋さんは早く行かないとみんな寝ちゃうからね、という。わかりましたと言って、子どもたちが帰ると夕食もしないですぐに出かけた。平林豊くんの家は、言われた通り玄関にはもう鍵がかかっていた。

電気が点いているので、庭の方に回ってみた。海苔干場を兼ねているのでとても広い。建物についてぐるりと回ってみると、縁側のガラス戸から中が窺えた。こんばんはと声をかけると、豊ちゃんががらりと縁側のガラス戸を開けた。

「母ちゃん、センセイだよ」

母親は、タオルで髪を吹きながら、慌てて出て来た。風呂あがりだ。

「朝が早いもんで、こんな格好ですみません」

「いえ、金屋さんから、皆さんが早くお休みになるのは聞いていました。まだ間に合うかしらと急いで伺ったのですが、すみません」

「豊は父親がいないので、つい可哀想で甘やかしていますので、保育園でもご迷惑をかけているんでしょうね」

父親は敗戦の間際に戦死したとのことだ。

「いえ、そんなことで、伺ったのではありません。何か気にかかることがあれば、伺っておこうかと」

「この頃は、保育園が大好きで毎日帰って来ると友だちのこと、センセイに叱られたことも面白がって話すんですよ。でも忙しくて床屋に連れて行く間もなく、頭がぼうぼうで、すみません」

確かに平林の家は父親がいない上に子どもが三人、忙しいといっているが、経済的にも床屋どころではないのだろう。

「床屋さんの心配はしなくて大丈夫ですよ。明日は床屋さんがボランテイアで保育園に見えます。みんな順番に刈ってもらえますよ。また何かお困りのことや、私への注文などありましたら、遠慮なくおっしゃって下さいね」

遅く伺ったことを詫びながら、辞した。次に向ったのは山中俊夫くんの家だ。

俊夫くんも父親がいない。六人兄弟の末っ子だが、いつも鼻を垂らしている。家はガスタンクの前の産業道路を超えた原っぱの真ん中だ。焼けトタンと古い木材で建てた掘っ立て小屋に住んでいた。母親は土方仕事をし、長女は働きに行っているようだと金屋さんから聞いていた。

「こんばんは」

「はいよ」

母親が顔をだし、俊夫の先生とわかって慌てたようにああとお辞儀をした。

「すみません、突然お邪魔して。この頃俊夫君のことで何かご心配なことはありませんか」

「いや、心配ばかりですよ。昨日も悪戯して十円玉を飲み込んだんですよ」

「えっ」

私はびっくりした。

「お医者さんに行かなくて大丈夫かしら」

「大丈夫ですよ。飲み込んでしまったんですから、ただ、そのうちウンコと一緒に出てくると思って、確かめるために原っぱでさせています」

「そうですか。早く出ると安心ですね」

私はあまりびっくりして、鼻をかむ習慣をと話すつもりだったが、そのまま帰って来てしまった。帰り道には惣菜屋の君江ちゃんの家の前を通ったが母親が店先で天ぷらを揚げていたので会釈だけして通り過ぎた。まだ七時を過ぎたばかりなのに、八百屋も魚屋も締まり、真っ暗だった。海苔業者に合わせるようにみんな早寝なのだろう。私はこれ以上は無理だと思い、帰って来た。買っておいた玉ねぎと卵で卵どんぶりを作り、夕飯にした。

部屋で本を読んでいると、がらりと保育園の方で重い板戸の開く音がした。保育園と診療所との境のドアだ。

「色部先生だわ」

私はすぐに板戸を開けた。保育園と棟割長屋のような大田診療所の院長先生だ。

「こ・ん・ば・ん・は」

いつも一言を区切るようにゆっくり声をかける。今夜も宿直なのだ。色部院長は、入院患者がいない時は、退屈だと言って訪ねてくる。

「こんばんは」と言いながら園長の部屋へ入って行く。いつものことだ。そして園長夫妻と金屋さんとお茶のみ話をする。この頃は、私も遠慮なくお邪魔する。

「入院患者がいない日は退屈ですよ」

「でも病人がいないことはいいじゃないですか」

園長がいうと色部院長はちょっと首を傾げた。

「いや、それがね、医者にかかりたいのにかかれない人もいてね。風邪ぐらいと思って、来ないうちに高熱が出てようやく来たり。この間から柳井さんは、四人は育てられないからこの子は堕胎したいと言っていたんですよ。それで優生保護法の書類はいつでも書いてあげるよと言ったのですが、費用がない、内職も休めないと言いまして、とうとう五ヶ月が過ぎ、もう産むしかないんですがね」

初めて聞く話でびっくりした。私は、自分は戦争で疎開したり、学校を途中で辞めたりこんな不幸な者はないと思っていたが、社会に起っている様々なことを如何に知らないか、恥ずかしかった。

東京保母の会の活動の意味は自分たちだけの問題ではないのではとも思った。

お店屋さんごっこ

翌日は日曜日で保母の会だった。昼間の会は珍しい。総会で今日は会長も決まる筈だ。日本社会事業大学の講堂なので、原宿で降りた。隣は東郷神社だった。委員会で準備された通り、開会の言葉に始まり、委員は前に並んで顔を見せた。度々あった人とも会い、目を合わせて軽く会釈した。委員会の提案で議長が選ばれた。今日の予定は会長、副会長を決めること、その他事務局長を選ぶことになった。会に対するみんなの意見を聞くこともだ。全体に立候補を求めたが、誰も手が上がらず、委員会の提案通りに決まった。

会長は、日赤病院の付属保育施設乳児院の青木きみ婦長が推薦された。全員賛成で大きな拍手が会場に広がった。初めて見る顔だったが、穏やかで、背が高くいかにも教養のありそうな品の良さを感じて、すっかり感心してしまった。副会長は金屋さんと鳩の森保育園の主任保母という中村千代さんに決まった。誰からも異議は出なかった。事務局長は、谷田部園子さんだった。初めて見る顔だ。委員会に居たのだろうか。この人については、特に賛成とか反対を問わず、当たり前のように決まったのが私には不思議だった。

今後についての提案は、先ず、保母自身が自分たちのことを先ずよく知ること。それには、学習が大事なので講師をお願いして定期的に勉強会をしようということになった。そして会の運営費として、一ヶ月百円を各保育園毎に集めて納めることになった。

総会で決まった初めての学習会は、自由学園の無着成恭先生を講師に迎えた。生活綴り方では有名で名前は知っていたが、初めて講義を受けることができ、わくわくした。会場はいつも日本社会事業大学の三階だった。

「自分たちの生活をよくするには、現状をありのままに観察して、そのことを書き留めていくことです。生活綴り方です。その中には、自身の感じていることを正直に書くことです。次の学習会までに書いてきてください」

保育日誌は書いているが、自分のことなど書いたことがないので、この宿題に戸惑った。綺麗な美しい文章など書けるわけもないし、それをみんなの前で発表するなど恥ずかしくてできない。それに保育の内容についても評価の対象になるかもしれない。講義が聞かれると思って喜んでいたのに当てが外れてしまった。やはり勉強するということは、大変なことなのだ。今更当たり前のことを考えながら、帰って来た。

「別に恰好いいことを書く必要はないわよ。どんな風に保育しているか、そのまま書けば」

金屋さんのいう通りだと思った。この寒い季節に仕事で忙しい親たちは子どもにかまう暇はなく、朝、保育園に来るまでに海苔干場でひと遊びしているらしい子どもの手はすっかり爛れて、ひびが切れている。鳩ポッポの家保育園に居たころ、私自身手の甲から血が噴き出していたことを思い出した。自分の部屋に入ってクリームを取り出し、豊くんの手に塗ってやった。

「センセイ、アタシモ」

手を出す。薄くのばして、みんなに塗ってやる。

「先生、便所に紙が無いよ」

「ごめんね。すぐ持っていくからね」

便所の紙は浅草紙が主で、これは月初めに一帖ずつ家庭からもってくる。母屋には便所が一つしかないので、子どもたちは、庭の端に立てた便所まで履物を履いて行かなければならない。雨の日も雪の日も傘をさして行かなければならない。私は急いで紙の補給をした。

その日の午後は折り紙を予定していた。保母の指導通り上手に折れるというだけでは、子ども自身の考える力が付かないのではと思った。

「ここにオレンジ色の折り紙があります。何の色かな」

「あのね、スカート」

「それから」

「柿」

「みかん」

「いろいろあるね。何作ろうか」

そういいながら、私は予定していたことを提案した。難しくてできないとか上手、下手とかいうことがないようにしたい。

「あのね。ここに新聞紙があるからね、これを丸めてこの折り紙で包むと蜜柑になるかも」

「それがいい」

誰かが言うとみんなもそれならできるよ。という顔をした。新聞紙を沢山丸めて、包めない子、小さすぎる子、そのことを互いに見せ合ったり、笑ったり、立ち上がっていって、うまく丸められない子に手伝ったり、折り紙の時間とは思えない賑やかな時間になった。それを見ながら緑の折り紙で小さな蔕（へた）を作り、煮ておいた糊で、まるめて閉じたところに貼ってやった。みんなのはしゃぐ声に金屋さんは年長クラスを連れて、庭に出ていた。

「先生、明日は何作る」

「明日も作るの」

「明日はきゅうりとリンゴと」

「それから」

大騒ぎになった。

「わかった。みんなとても上手だから、明日も作ろうね」

あることがひらめいた。

その日はこの後、「お正月」や「霜柱」を歌い、遊戯で遊んだ。夕方になって、母親や兄弟が迎えに来る。子どもたちが帰った後、掃除をしていると金屋さんが雑巾を持ちながら、近づいてきた。

「今日は賑やかだったわね」

「すみません。あんなになると思わなくて」

「青組の子も羨ましそうだったわよ」

「今日急に思ったのですが、保育園全体でお店屋さんごっこは、どうでしょうか」

「どうやって」

「青組さんにも参加してもらって、クラスで作った物でお店屋さんごっこをするんです。どうでしょうか」

「そうね、もうすぐ青組さんは卒園だしいい思い出になるかもね」

保育が終わると、掃除の後でみんなで集まった。紅組の子どもたちも、もうすぐ黄組になると張り切っている。品物を買うお金も作らなければ、とかいろいろな意見が出た。

翌日は、朝からお店屋さんごっこの準備だ。保母も子どももみんな張り切っている。手拭き用に持ってきているタオルを半分にして、

「先生、紐ない」

ああそれ前掛けね。

「八百屋の店番をするの」

という君江に紐を探した。

「私、保育園の先生になる」

「紅組さんに赤ちゃんになってもらうの」

「場所はあそこだよ」

そこは、便所の近くにある花崗岩を二三段積んだところで、砂場も近かった。保母の気が付かなかったことだが、自分たちの生活に保育園が無ければ成り立たないことがわかっていたのだろう。子どもたちの発想に感心した。紙のお金を使って品物のやり取りをしていた子どもたちは、保育園にも子どもを預けながら、よろしくお願いします。と大真面目な顔でやって来た。

「はい、大丈夫ですよ。お利巧にしてますよね」

青組の子が、保母顔負けの挨拶をするので、思わず、噴き出してしまった。楽しくお店屋さんごっこが終わった。ほっとしていると君江たち数人が真面目な顔をしてやってきた。何事かと思い腰を低くして、聞いた。

「あのさ、八百屋はお金が儲かるけど、そのお金でお魚買うでしょ。お店屋はお金で買うとお金が減るけどまた売れるからお金があるから、買えるでしょ」

「そうだね」

「だけどさ、保育園は、お金がいっぱい儲かるんだね」

私は思わず噴き出したが、君江たちは真剣なのだ。

「今日はそうだったね。でも本当の保育園は、みんなの為に、給食の材料も買ったり、紙芝居や折り紙を買ったりするから、儲かっていないのよ。もっとみんなにいいものを準備してあげたいけれど、足りないくらいなの。ピアノもなくてオルガン一つでしょ」

まさか人件費のことまではいえなかったが、もっと予算があれば美味しいおやつだって食べさせられるのにと思った。それも言えなかった。

保育園の措置費の仕組みについては、関係者以外はほとんど知られていなかった。保育料は国が半分、東京都が四分の一、八分の一が市区町村。残りが父母負担になっていた。

お店屋さんごっこで、子どもの無邪気な発言に考えさせられた。

「勉強会の宿題はこれにすればいいわよ」

迷っていた私に金屋さんは言った。

勉強会には、全員が書いてくると思っていたのに三人しか書いてこなかった。

みんな忙しかったのだろうか。作文の出来はともかく、教材費が少ない中で、自分たちで紙芝居を作ったり、粘土遊びが出来なくて砂場でお団子つくりをしたりと、いろんな作文が出された。その後も評論家鶴見和子先生、綴り方教室の研究者国分一太郎先生、無着成恭先生（実家はお寺とのこと）など、素晴らしい先生方に恵まれ、学習することができたのは、本当に幸せだった。原宿からの帰りはいつも十一時を回っていた。

ビキニの水爆実験

一九五四年三月一日、ビキニの水爆実験により、第五福竜丸が被災、三月十四日静岡県焼津に帰港したというニュースが入った。その水爆は実験とはいえ、長崎や広島の原爆より、大きなものだと聞かされた。広島、長崎へは行っていないが、その悲惨な状況については、聞いていた。もう、こんなことは二度と起こらないものと思っていた。

マグロを獲って帰って来た第五福竜丸の船員は、全員が被曝したという。そして、マグロもガイガー機で調査され、食べることは禁じられた。あの美味しいマグロが食べられないなんて、勿体ないと思った。日本中どこから上がったマグロも危ないという風評で魚屋はみんな困っていた。

しかし、問題はそればかりではなかった。水爆の影響で黒い雨が降るという。雨の色が黒くなくても、放射能には色がないのだから、雨に濡れてはいけないという情報が流れた。保育園では、便所に行くにも傘を差して行くのだが、少しの雨だと男の子など傘を持たずに飛び出して行く。

「はげちゃうよ」

女の子が叫ぶ。

この年、六月八日に自治体警察は国家警察となり、翌九日には防衛庁設置法が公布、七月一日に同法が施行され陸海空の自衛隊が発足した。ＭＳＡ協定（日米相互防衛援助協定）に伴う秘密保護法が公布された。

何だか戦争中のような匂いを感じた。

日本社会事業大学に通う

一月から、給料が五千五百円に上がった。暮らしは楽になったわけではないが、少し余裕がある。日本社会事業大学の夜間に一年通えば、社会福祉士の免許が取れることが分かった。保母試験に受かる最低限の勉強しかしていないので、このチャンスを生かしたいと思った。受験には受かった。けれども月謝を納めることになって驚いた。毎月払えばいいのかと思ったら、一年分前払いとの事だった。前借は嫌いだったが、この時ばかりは、さすがに困った。

「先生、一括支払いとは知らずに受けてしまったのですが、前借できないでしょうか。毎月少しずつお返ししますけれど」

「いくら」

「八千円とか」

「そんなに、貴方達に給料払うのに足りなくて後援会長さんに頭を下げて借りたこともあるのよ」

この間は伊藤歯科の先生に借りに行ったことも知っている。

園長はご主人の方を見た。小説家のご主人は埴原一丞さんと言って、日常は保育園の会計を受け持っている。

「丸山さんの事だ。僕の〝へそくり〟も足して何とか工面しよう」

私はおでこを畳に擦り付けてお辞儀をした。

「ありがとうございます」

「遅番はどうするの」

「誰かにお願いして早番と代わってもらいます」

早番の方が大変だし、私は遅番の方がいいのだが、この際それしか方法はなかった。

「みんなとよく話し合ってね」

園長は言った。あまり賛成していないのかもしれない。保育に支障をきたしてはいけない。改めて覚悟をした。金屋さんは、職員会議でみんなにはかってくれ

子供の家保育園の卒園式。庭から全員を撮した

た。

「朝早く出てくるの大変だから、いつでも代わってあげるわよ」

小林先生が言った。実家から通ってくるのでいつでも大丈夫、と言ってくれた。小林さんは日曜日に友達の家に泊まりに行って月曜日はよく遅刻をした。みんなが、顔を見合わせて笑った。

「これで安心ね」

私は、先ず米穀通帳を持って米屋に行った。夕食は外食になるので、配給の分から外食券を引いてもらわなければならない。米屋もびっくりしていたが、直ぐに手続きをして外食券を手渡してくれた。普通の食堂もあったが、そんなところは高いに決まっている。外食券食堂にだけ入るつもりだ。

卒園式の日、青組とその父母たちの記念写真を撮ることになった。卒園児は四十八人だ。そこに父母と職員が入るので、室内では狭く庭に出た。滑り台をバックに撮ることにした。

今、思い出すとこの子たちと出会ってから二年半たっていた。ついこの間の様な気がして手放すのが惜しいようだ。特に青組になってからの成長は目覚ましく、急に背も伸びた気がするし、自由に遊んでいる時など、すっかりお姉さん気取りでいる。

卒園式の夜は、なかなか寝付けない。

男の子たちは外遊びの時、野球をしようと私を仲間に入れた。よくわからない振りをしていると

「先生今度打つ番だよ」

とバッターボックスに立たされた。幸いにも布でできたボールを打つことがで

きた。

「先生、うまいね」

子どもに褒められた。一塁まで走ると、

「先生、代走するからどいて」

「どうして」

「だって走るのが遅いもの」

「はいはい、わかりました」

競争したわけではないが、そんな場面を子どもは作りたかったのだろう。おかしくなって後ろに下がった。

女の子たちも活発だった。

「先生、数えてて」

鉄棒に飛びつくと回転をし始めた。子どもには言えないが私は、逆上がりなど鉄棒は苦手で、前に回るのさえうまくできない。女の子なのに、十五、十六と回るのにはびっくりした。

そんなことを思い出しながら、学校で便所の中から、「紙が無い」なんてどなっていないだろうか、なんて思ってしまうこともある。学校に行ってもあの逞しさで頑張っているに違いない。

私も負けているわけにはいかない。折角みんなの協力で、学校に行けることになったのだから。朝は床に雑巾がけ。モップを絞るのは、春まだ浅く冷たいが、そんなことは言っていられない。ブランコを架けるのも鉄だから冬はやはり冷たい。竹ぼうきで庭に履き目をつけて終わる頃、子どもが登園してくる。夕方は、四時半になると現場を引き上げて、大急ぎで出かけなければならない。

「お先にすみません」

そう挨拶して、門を出る。電車に乗ると、初めは緊張しているのだが、席が空いて座ると、居眠りが出てしまう。そのころ保母の会では、

「電車で居眠りをしてるのは、大体保母なんだって」

と言われていた。労働基準法で九時間労働が位置付けられていた保母は、みんな疲れていたのだ。

原宿で降りた。ホームから目の前に日本食堂の暖簾が見える。駅を出て学校へ行く途中にあるので、その点は都合が良かった。日本食堂は外食券食堂だ。中に入るといつもいっぱいで、ようやく席を見つける。勿論相席なので、男性と一緒になる。いや女性客は少ない。しかし恥ずかしいなどと言ってはいられない。外食券を出しながら、小窓から声をかける。

「ご飯にみそ汁、納豆と漬物」

「二十五円です」

私は、大抵納豆か卵だ。たまにコロッケがあるときは奮発して注文する。二週間に一回ぐらいだ。食べながら、いつも耳にするのは「肉豆腐」という男性の声だ。「四十五円です」というおかみさんの声。いつになったら肉豆腐が食べられるだろうか。私は、その度に惨めになる自分に弱さを感じた。食堂を出て間もなく右に曲がると、その道は街灯もなく寂しいが、真ん中ごろに小間物屋があった。そこを横目で見ながら通って広い通りへ出ると、右が東郷神社左が学校となっている。私は、ほっとして校門をくぐる。顔見知りの保母もいる。その人は、よく居眠りをしている。

「丸山さんのお友達はよく寝ているわね」

などと声を掛けられて、恥ずかしくなることもある。クラスは一つだけで、かなり年配の男性や若い女性もいる。職業もばらばらで、この中で、友人になるような話をする時間はない。先生は社会事業大学の小川政亮先生や、同じく鷲谷善教先生など、名高い先生で、私はケースワークやグループワークを学び、社会事業、社会福祉ゼミでは女性の五味百合子先生から女性史を習った。九時に終わると、それぞれ帰途につくが、原宿駅に向かう女性と一緒になった。小間物屋の前で立ち止まった時、

「私このスカーフがいいと思うの。お母さんに買って貰おう」

「えっ」

　私はびっくりした。

「買って貰うんですか」

「そうよ」

三歳くらい年上に見えるその女性が、親にねだることができることが意外だった。後は無言のまま歩いた。美人で素直そうなその女性がちょっと羨ましかった。が、まだ自立していない姿も見えて複雑だった。後に聞いたら、敬隣園の次女だそうで、東京保母の会の事務局になった地味な園子さんのお姉さんと聞き、姉妹なのにずいぶん違っているとびっくりした。

一年はあっという間に過ぎた。卒業が間近になり、夜中に卒論を書いていた。明け方の四時ごろ、ようやく下書きが出来上がり、ほっとして床についた。うとうとしかけた頃、隣に寝ていた鈴木華子さんの足が私の足に触った。三畳に二組の布団を敷いているのだから、しょうがないなと思いながら布団へ戻した。けれどもその後も足を入れてくる。眠いのであきらめて、自分の方で除けて、そのうち眠ってしまった。

目が覚めると、鈴木さんの布団はもぬけの殻、私は寝坊してしまったらしいと大急ぎで布団をたたみ、身支度をしてふと見ると、窓ガラスにハンカチが、張り付いている。もう洗濯も済んだらしい。慌てて保育室へ出てみたが鈴木さんはいない。六時を回ったところなので、誰もいない。洗面用具を持って外に出た。流しは外で、炊事場と向かい合わせの位置にある。蛇口は三つで、顔を洗ったり洗濯をしたり。昼間は子どもたちの手洗い場になる。下駄を履いてそこに行くと、鈴木さんはまだ洗濯をしていた。

「おはよう、今朝は、随分早いのね。二回目の洗濯」

声をかけると、じろりと見て、さも「当たり前でしょ」という顔をしている。昨夜のこともあり、どこか変だ。異常を感じた私は、金屋さんの部屋の戸を叩いた。鈴木さんの様子を話すと、昨日は何でもなかったのにと言いながら出て来てくれた。流し場に行ってみると、洗い終わったタオルなどを、炊事場のガラスに貼り付けている。いや、シャツや下着まで。

「これはおかしい。すぐ病院に連れて行こう」

優しく鈴木の手を取って、きれいになったから、洗濯をおしまいにして、色部先生のところへ行こう、と言ってみた。鈴木さんは以前から色部先生を尊敬し、

「あんないい先生はいないね」

と言っていた。案の定、なんの抵抗もなく、嬉しそうに誘われるまま診療所に連れて行くことが出来た。色部先生は、診察の結果、即座に躁鬱病だと診断した。

「私、色部先生ダーイ好き」

そういって、先生にしがみ付いた。余りの事に唖然としていると、直ぐに入院の準備をするようにと言われた。鈴木さんを残したまま部屋に戻ると、寝具をもって診療所との境の土間をよいしょと跨ぎ、一坪にも足りない狭い病室へと運んだ。二台の木製のベッドがあった。左のベッドに布団を敷いた。早くしなければ園児が登園してくる。看護婦長の佐藤房子さんが出勤してきていたので、後を任せて保育園に戻った。佐藤さんの子どもの道子が登園していた。

鈴木さんは園長が知り合いから頼まれて、保母見習いとして預かったと言っていた。部屋に一緒でいいかしら。と言われたが、昼間は、保育、夜は学校、寝る時だけなのだから、かまいませんと返事をした。三歳ほど歳下だったが、きりっとした顔立ちで、今まで接したことのないようなインテリ風な印象だった。一番驚いたのは、ロシヤ民謡のトロイカを原語で綺麗に歌うことだった。

私は卒業となった。小川政亮先生は、

「あなた方は、まだ少ない社会事業福祉士です。仕事についたら、指導的立場に立つでしょう。生活保護の申し込みや、教育補助のことなどいろいろ住民からの相談があると思いますが、その人の立場に立って、仕事をしてください。地域によっては予算の面で削ることの提案があります。しかし、困っている人をなるべく探し出して、様々な申請をするように仕向けてください。憲法で国民は健康で文化的な生活を営む権利がある。と保障されているのです。それを保障していくのが社会福祉のあり方です」

もっといろいろ話されたが、私は特にそのことが胸に落ちた。

まだ前借は残っていたが、無理をしても学校へ行って良かったと思った。

第一回日本母親大会

今朝、突然第五福竜丸の乗組員だった久保山愛吉さんが、亡くなられたという報道が入った。（一九五四年九月二十三日）四十歳という働き盛りで、三月十一日アメリカの水爆実験の為に命を落としたのだ。どんなに悔しかっただろう。広島・長崎の被爆以来、もうこのようなことは起こらないと思っていたのに……。

杉並の婦人有志から原水爆禁止の署名運動がおこった。署名は、たちまち全国に広がり、東京保母の会もその組織力で父母たちにも呼び掛けて、署名を集めた。

翌年一九五五年六月七日、第一回日本母親大会が開かれた。スローガンは「生命を生み出す母親は生命を育て生命を守ることをのぞみます」。会場の九段会館に入りきれないほどの参加者だ。幸いにも会場の中ほどの席に座れた。

平塚らいてう氏の挨拶に、感動のあまり涙が出るのをじっとこらえた。その後、司会者が「少々お待ちください」と言った。どうかしたのか。会場が騒めいた。

が間もなく再開した。

　舞台の中央に赤ちゃんをおんぶして、疲れた姿で女性が立っていた。女性は手拭いで汗を拭き、じっと下を向いていた。

「いいのよ、待っているから、ゆっくり」

　誰かが叫んだ。会場は拍手に沸いた。それから一分も経ったろうか。漸く女性は、口を開いた。

「私は、九州から来ました。炭鉱の皆さんがどうしても行ってこいと言って、一円ずつカンパをしてくれたのです。それで、苦しい炭鉱での生活を知っていただきたいと」

　そこでまた話が途切れた。腰の手拭いで、涙と汗を拭いていた。

「頑張って」

　また、誰かの声が後ろの方から聞こえた。女性は頭を下げてから、また続けた。

「列車で東京に着いたのですが、会場までどのように来るのか道がわからなくて、遅刻してしまいました。すみませんでした」

一円玉だけのカンパで来た。私は、ハンカチを取り出して涙をぬぐった。あちこちから、すすり泣く声が聞こえた。その女性は夫を戦争で亡くし、炭鉱夫の夫と再婚したものの、夫婦で働いているにも拘わらず生活は苦しいという。あの戦争で、沢山の母親が、夫や子どもたちを戦場に送り出した。「行かないで」と言えなかった母親や、子どもや姉妹たちがここに集まっている。

「二度と、このようなことが無いように母親は強くなろう。これからは、決して戦争の為に生命を落とすことのないように」

そのことを誓いあい、そのためにも、毎年、集まろうという閉会の言葉に、全員拍手で応えた。

「すごかったですね」

「二階なんか落ちそうだったわよ」

「あの方は帰り道大丈夫かしら」

「大丈夫よ。実行委員会の人が東京駅まで送るでしょ。来るときも、きっと迎えに出ていたと思うけれど、まさか赤ちゃんを紐でおんぶして、もんぺを履いている姿は想像していなかったのよ。それで会えなかったのね」

金屋さんとは互いの戦中戦後のことなど話しながら、帰って来た。

一方で社会は、だんだん豊かさが見えて来た。

「先生、お父さんのトウナスでテレビ買ったんだよ」

裕美ちゃんが嬉しそうに報告に来た。

「とうなすじゃなくてボーナスでしょ。良かったね」

私は、羨ましかった。とても手の届かないものだ。一円玉のカンパで、九州の炭鉱から出て来たあの女性を思い出した。この格差は、何だろう。

バターか大砲か

同年八月六日第一回原水爆禁止世界大会が開かれた。戦争を体験したが、敗戦後は、もう平和憲法のもとで何の心配もなく暮らしていけると思っていたのが、間違いなのだろうかと思った。この平和な社会が、また一人一人が守っていかないと、いつか来た道へ戻されるのだろうか。

バターか大砲か。そんな文字が新聞に躍った。父母の負担する保育料が倍になった。父母たちは、困って園長のところに相談に来た（当時は保育料は保育園が集めて区に収めていた）。早速父母の会を開いた。

「急にこんなに高くなって、どうしても払わなければならないでしょうか」

横山茂君のお母さんが、言った。みんなも同時に頷いた。園長も困った様子だった。今までだって、滞納して区に収める時、立て替えておくこともあったくらいだ。

「わかりました。区の方へは、今まで通り納めることにします。他の保育園とも相談してみます」

父母たちは、少しほっとした様子だったが、後から、催促が来たらどうしよう、とか辞めさせられないだろうか、とか心配顔で帰って行った。

そのような事態に対して、私立保育園連盟で不払い運動が決定された。公立の保育園に通わせていた家庭では、とても払えないと言って休ませて、子どもを柱に紐で結び付けて親は会社に行った、という記事が新聞に載った。

全国社会事業協議会（全社協）に保母部会を

警察予備隊が自衛隊になってから、毎年自衛隊の予算が膨らんで行く。一方で、自衛隊の大きな倉庫にあった電池が期限切れで全部廃棄処分という記事が新聞に載った。税金の無駄使いだ、子どもたちを守るには平和でなければならない、日本中の保育者が子どもの健やかな成長と保育者の権利を獲得していかなければと思った。

東京保母の会で学習会を重ねた結果、全国社会事業協議会の中に園長部会があるのだから、同じように保母部会を作ることを提案しようと話が決まった。近く北海道札幌で全国集会が開かれるので、そこへ参加して各分科会に出て、全国に向かって呼び掛けようと話し合われた。分科会は七ヶ所というので七人の代表を選ぶことになった。

保育の為の代替えの制度がないので保母を出張させるということは、保育園にとって容易なことではない。代表を送り出せるよう園長には勿論、仲間の保母たちからも同意を得なければいけない。私は、代表にと言われたが、果たして園長がなんというか。それは、他の代表者も心配した。しかし、私立保育園連盟に加盟していた保育園の園長たちは快く後押しをしてくれた。残る保母たちの労働加重になることも必至だが、みんな快く「頑張って」と言ってくれた。

それからがまた大変だった。余裕のない生活の中で札幌までの旅費と大会参加費をどうするのか。相談の結果、園長会や父母の会にも呼び掛けて、カンパをお願いしようという事になった。何故札幌まで行くのかを書いたチラシを作り、父母に配った。理解してもらえたのか、思ったよりたくさんのカンパが集まり、嬉しかった。それを保母の会に届けた。代表者の保育園だけでなく保母の会全体が動いて集まったカンパは七人の費用を賄うのにようやく届いた。責任者は鳩の森保育園の中村千代さんに決まった。労働者保育園からは、まだ十七歳という若い丸橋さんが代表。

列車の中で、誰がどの分科会に参加するかを決めた。夜行列車は翌朝の六時に青森に着いた。それぞれ荷物を纏めていると、列車を降りた大勢の客が慌てて走って行くのが見えた。

「なんだかわからないけれど、急ごうよ」

私はみんなに声をかけた。

「それっ」

ということでわけもわからず笑いを堪えて走った。列車から青函連絡船に乗り換えるためには点呼があった。そこに人がずらりと並んでいる。

「このためだったのね」

「船の中でいい場所をとるためなのね、何時間乗るの」

「降りてから、また札幌まで四時間位かかるからね。船の中では少し寝た方がいいわよ」

中村は一番年長で、いろいろな経験を持っていたので心強かった。私たちの切符では三等の席で雑魚寝だった。毛布を勝手に出してきて敷いたりかけたりして横になった。みんなはすぐに寝息を立てていたが、普段から寝つきが悪く、その上大会では、どう訴えたらいいだろうなど考えると、余計に目がさえてしまった。ふらふらと甲板に出てみた。初めて乗った青函連絡船の事を、帰ったら子どもたちにどう話そうか。夜が明けて行く波の光が、まぶしかった。甲板から別のドアを開けると、そこは喫茶室になっていた。会社員らしい男性が、「ここに掛けなさい」というように手招きをしてくれた。丸テーブルの椅子が空いていた。一人かと聞かれたので私はここぞとばかり、札幌行きのことを話した。「それは大変だ」と言って、コーヒーを注文してくれて、ここの方が楽だからここにいた方がいいと言ってくれた。すっかり目が覚めてしまったので結局、下船までそこで過ごした。

「どこにいたの。眠くないの」

中村さんが心配してくれたが訳を話すと、笑っていた。船を降りるとまた駆けだした。札幌行きの列車は指定席ではないので何とか座席を確保しようと真剣だった。駆け足が遅いのでみんなの後から必死で走った。みんなが乗った客車にかろうじて乗ることができた。

「ここよ」

丸橋さんが手を振って呼んでくれた。背が高く体格もよく一番元気に見えた。手分けをして七人分の席をとってくれたとのことだった。ほっとしたら、少しうとうとしてしまった。札幌では大勢の人でごったがえしていたが、それは大会参加者だった。

「あの帽子を被っているのはみんな公立の園長先生よ。私立の園長は貧乏だから、帽子を被っていないのよ」

私は笑ったが本当にそうだと分かってびっくりした。民生局の秋田先生もちゃんと帽子を被っていた。会場へはみんなの後を着いて行けばよかった。会場に着くと地元の人たちが出迎えてくれたが、会場は既にいっぱいだった。何とか椅子を見つけると、駅で買った弁当を食べた。お腹が空いていたので、食べ終わるとほっとした。開会時間に辛うじて間に合った。

全体会は、開会の辞に始まって地元の歓迎の言葉、講演、基調報告と続いた。

一日目はそこで終わり、予め決められていた宿舎に行き、旅支度を解いた。疲れが出たが、風呂に入り夕食を摂ると、中村さんから明日の分科会で、保育者が団結して条件を少しでもよくしていこうということを頑張って訴えようと話があった。遊びに来たのではない。父母からも貴重なカンパを貰い、保育園からも「みんなの為に頑張って」と励まされて来たことを思うと、成果を上げずに帰ることは出来ないと思った。寝つきの悪い私だが昨日の寝不足のこともあり、布団に入ると同時に眠りについた。

翌日は、話し声で目が覚めた。しまった。寝坊してしまったのか、飛び起きて隣を見ると、丸橋さんがまだ気持ち良さそうに眠っていた。中村さんはもうひと風呂浴びて来たという。今から風呂に行く時間はないと思い、着替えて出かける準備をした。全員揃ったところで食堂に降りた。生まれて初めての合宿に緊張したが、丸橋さんは若いのに少しも緊張した様子もなく堂々としているのには感心した。中村さんがみんなの先に立って、初めてのところにも拘わらず臆するところがない。

「あの人は、岡山の方で町会議員をしていたそうよ」

「共産党だって」

そうなのか。私は何となくそんな気がしていた。

会場までは五分ほどで着いた。

「じゃあね」

打ち合わせどおり、各分科会に分かれた。もう誰を頼るわけにもいかない。頑張らなくちゃ。緊張して席に着いた。第三分科会のテーマは最低基準に付いてだった。保育室の広さ、庭の広さ、それによって子どもの人数が決められている。子供の家保育園は定員が百名だ。しかし、どうしても預かってほしいという要求に断りきれずに定員を超えている。あるとき監査があり、青組の子どもたちを連れて散歩に出た。定員オーバーが監査で指摘されないように、証拠のカバンも持たせて海の方に向かって歩いた。子どもたちは大喜びだったが、複雑な気持ちだった。しかし保母の受け持ち人数も定員を超え、負担がかかっている。そのための病欠も多い。措置児以外は自由契約なので、基準通りの保育料はもらえない。

従って保育園の経営が向上するわけではない。

分科会は机がコの字に並んでいる。ほとんどが園長のようだ。場違いのように思ったが、それがチャンスだとも思った。園長の理解が無ければ、保母の環境をよくすることは出来ない。分科会では、園長たちの討論が続いた。母親が働かなければ家計が成り立たないのに、子どもを預ける保育園が足りない。そのために、違反を承知で保育園は預かってしまう。監査では指摘される。そんな悩みが多く出ていた。

大田区でも公立の保育園は三園しかない。私立の保育園は子供の家、なかよし、バルナマ、桐里、良い子、六郷、洗足、蒲田しかない。定員オーバーに悩んでいるのは大田区に限らず、京都でも群馬でも。発言を聞いていると殆ど全国の問題の様だった。止むを得ず幼稚園に預け、昼に帰ってきた子どもに昼食をとらせ、午後は、一人で留守番をさせているという例も出された。

保母についても、安い給料と労働の厳しさで辞めていくことも多く、悩んでいるという園長の発言もあった。胸がどきどきしてきた。発言をしなければ。保母の会の代表は私しかいない。そっと司会者の方を見た。発言者を探しているように全体を見回している。そっと手を挙げた時、司会者と目があった。

「どうぞ、保母さんですね」

周囲の人たちが振り向いた。思い切って立ち上がった。

「あのう、東京保母の会を代表して七人でこの会に参加しています。私は子供の家保育園に勤めている丸山政子です。今園長先生方の貴重な、率直なお話しを伺い、私たち保母の考えていることと同じだと思いました。物言えぬ子どもたちに代わって、保育に携わる私たちが、この貧しい保育行政を変えていかなければと、この場でいっそう強く感じました」

振り返って、確かめるように見つめる人がいた。私はここに来た意味を伝えなければと思った。

「私は、今東京保母の会に所属していますが、保母全体から見れば、会員数はほんの一部です。先生方もおっしゃるようにこの現状を変えていくために、現場で子どもたちや父母とかかわっている保育者がもっと力を大きくして行政にも社会にも働きかけていかなければと思います。そこで、私たちはこの場をお借りして全国社会福祉協議会の中に園長部会があるように、保母部会を作ってほしいと思いました。保育園の協力を得て、父母の方にもカンパを戴き、今日ここに来ることが出来ました。是非、先生方のご協力で、保母部会を立ち上げていただけないでしょうか。他の分科会でもお願いしていることと思いますが、この会を立ち上げて、先生方の保育園から積極的に、保母部会に参加するよう、呼び掛けていただきたいと思います。園長部会と手を結び、子どもたちの為に良い保育環境をと思っています。宜しくお願いします」

拍手は半数位だった。東京保母の会はアカだと言って入らせない保育園があったのだから、そのアカの一人だと見ている園長の誤解の表れだ。これでよかったのだろうか。腰を下ろしながら、半分ほっとした。司会者は、特にこの発言に対する園長の発言は求めなかった。

昼になり、休憩に入った。

「あのう、私は群馬県の私立保育園の園長で諏訪と言います。先ほどの貴方の訴えに賛同です」

「ありがとうございます。ちゃんと趣旨が伝わったでしょうか」

「よくわかりましたよ。そのとおりだと思います。帰ったらうちの保母たちに報告したいと思います」

「有り難うございます。北海道まで来てきちんと趣旨を伝えられるのか、不安でした。他の分科会の様子も聞いてみたいと思います」

諏訪園長は頑張って。と言って握手をしてくれた。温かい手だった。東京から来た園長たちに比べてとても地味な雰囲気だった。

昼食は慌ただしい中にも午前中の会の内容について、報告しあった。どの分科会も活発で、保母の会の訴えに耳を傾けてくれたことがわかかった。

食事が終わってほっとしている時だった。「あのう、第三分科会に出ていらした先生は」

男性が訪ねて来た。

「はい、私ですが」

「私は、ＮＨＫの者ですが、ちょっとお話を伺えますか」

中村さんの方を見た。行って来ればという顔で私を見た。

「はいどちらで」

「すぐ隣の部屋ですが」

私は後について行った。ＮＨＫの人とどんな話をと思うと、どきどきした。部屋に行くと小柄な男性がソファーに座っていた。私はその前に案内された。

「こちらは、仙台の保育園の園長先生です」

「三浦と言います」

「東京から来ました丸山です。子供の家保育園に勤めています」

「私は、短波放送の担当ですが、今回の大会の様子を伝えたいと思いまして、お二人で対談をしていただきたいのです。私が司会を致します」

ラジオ放送と聞いて緊張したが、言われるままに三浦園長と向かい合って腰かけた。小さなマイクが置かれた。司会者の質問に応える形で話した。三浦先生は、保育園の置かれている現状をわかり易く話していた。私は、

「一人が風邪をひいて休むと二クラスを持つなど、大変なので生理休暇なども取れません。何とか助け合っている現状ですが、もっと保育園が出来て子どもが守られれば、女性も安心して働けますし、豊かな社会になると思うのですが」

ちょっと生意気なことを言ってしまったかと思ったが、短波放送ではあまり聞いてはもらえないだろうとも思った。

「有り難うございました。今夜の短波放送で流れます。全国放送です」

謝礼と言って封筒が渡された。何だか気恥ずかしい気持ちで受取り、頭を下げた。

午後の会は更に保育児のおかれている具体的な現状が話し合われ、私は引き揚げ寮から通ってくる純一の事を話した。三人兄弟の末っ子だが、着替えが無く、見兼ねて親戚の子どものものを貰ってきて届けたこと、その寮は工場の二階で、大広間にたいして仕切りもなく、持ち物で自分の居場所を確保し、三十世帯もが同居していること、純一のところも母子四人がやっと横になることができるほどの広さしかないこと。貧しさは筆舌に尽くせないことを話した。他の園長からは、着せるものがないからと言って、保育園を辞めた子どもがいることが話された。

　三日目は、各分科会の報告と閉会の言葉があり午前中で終わった。中村が予約しておいてくれたという宿にみんなで移った。質素な宿だったが、ほっとできた。

「あーくたびれた」

　みんなが一斉に畳の上にひっくり返った。

「つかれたねえ」

　中村さんもほっとしたようだった。

「きょうは、ゆっくりしよう。カンパでなく自腹だからね。丸山さんも宿泊費を工面するの、大変だったでしょう」

「はい、でもこんなこと初めてですし、頑張ってきてよかったです」

　風呂から出てくると、もう部屋にお膳が並んでいた。津軽塗のような銘々のお膳はとても豪華に見えた。みんなとお膳の前に座った。

「乾杯しよう」

　中村さんの言葉で、みんなコップを取り上げた。

「かんぱい」

一斉にコップを高く掲げて一気にお水を飲んだ。

「ああ、美味しい」

風呂上りの冷えたお水が咽喉を潤し、こんなおいしい水を飲んだのは初めてのように思った。

「さすがに今日はご馳走だね」

「ほんと、昨日とは全然違う」

「みんな緊張していて疲れたでしょう。今日は美味しい物を戴いてゆっくり休みましょう。それぞれ報告したいことがあるでしょうけれど、それはまたの機会にして、明日はどこに行きたいか、食べながら相談しましょう」

中村さんのいう通り、食事が終わるとひとしきり雑談し、また風呂に入った。温泉ではないが、広い湯船にみんなが一斉に入ると子どものようにはしゃぎたくなる。他のお客がいないのを幸いに「シャボン玉とんだ」と歌いだした。好きな歌だがこの歌は、野口雨情が子どもを亡くした時に創ったものだと聞いてから、青空に虹を描くように美しく明るく歌えなくなった。時には、保育園の子どもたちを思いながら、歌うこともあった。

浴衣を着て部屋に戻ると、布団が敷き詰めてあった。早い者勝ちに寝場所を決めて布団の上にひっくり返った。みんな子どもに返ったように無邪気に見えた。

翌日は、北海道大学に行くことになった。幼児教育を専門とする城戸幡太郎教授が面会してくださるという。中村さんが連絡を取ってくれたのに違いない。校門に着くまでのポプラ並木のすばらしさに感動した。こんな大学に毎日通う学生を羨ましく思った。教授とは三十分ぐらいしか時間が取れなかった。保母の会を代表して札幌にきたことを説明している中村さんと教授の話を聞いているだけだったが、有名な先生と会えたこと、帰りに握手をしていただいたことがとても嬉しかった。長いポプラ並木を通り、通りへ出ると、市電が走っていた。中村さんは、今度いつ来られるかわからないから時計台を見て帰ろうと言って市電に乗った。話に聞いていた時計台は思ったより低かった。そこからは、もう、大急ぎで駅に向かった。函館まで急がなければ、予定の連絡船に乗れなくなる。みんなの後を必死で追いかけるように歩いた。

帰りは、寝ている間に上野駅に着いた。お互いを労いながら別れた。

東社協保母の会発会

保母の会の会長は二葉保育園の主任保母梅森幾美さんに決定、私は運営委員の一人に選ばれた。月に一度の委員会には、新宿の二葉保育園に出掛けた。委員会では、保母の会で催す学習会や初夏の潮干狩り、秋の紅葉狩りなどを計画し、会員同士の親睦を深めるようにした。委員会では、一日働いて疲れている様子に、梅森先生はコーヒーを淹れてくれた。喫茶店以外でコーヒーを淹れられるなど見たことも聞いたこともなかったので、その淹れる手元を不思議な気持ちで見ていた。

「先生、どうしてコーヒーの淹れ方をご存じなんですか」

遠慮なく聞いたのは丸橋さんだった。

「私は、夫が牧師で、ずっとハワイに居たの、戦時中もね。ですから、あちらでは当たり前のことなんです」

国民学校時代の同級生に、家族全員カトリックという美也子さんがいた。あるとき、担任の先生に天皇陛下とキリストではどちらが偉いかと聞かれ、無理に天皇陛下と言わされたと、戦後の同級会で囁いたことを思い出した。

梅森先生の顔と手元を見つめた。ネル生地のドリッパーという物にコーヒーの粉を入れて、そこにそっと湯を注ぐ。ソファに腰かけている貧しい保母たちは、じっとその手元に見とれていた。美味しいコーヒーとあの穏やかな梅森先生に会えるかと思うと、委員会に出席することが、生活の中で張り合いを感じるようになっていた。

「来月の委員会は私の家でいかがですか。都心からは離れますが、今は紅葉でとても綺麗ですよ」

井の頭保育園の福知先生が提案した。

「いいですね。私、カレーを作りますからご飯だけ炊いておいてもらえますか」

梅森先生がハワイ仕込みのカレーを作って持って行くという。何だかわくわくした。

翌月の委員会は、日曜日に決まった。新宿駅に待ち合わせた。梅森先生は給食に使うアルマイトのバケツを置いてホームに立っていた。中央線の電車に乗り込むとき、私と丸橋さんがバケツを持った。重いのにびっくりした。がそれよりも、こんな電車の中に給食に使うバケツを持ち込むなどあり得ないと思うと、何だか恥ずかしいようなまた、梅森先生の大胆さに驚嘆するやらで、おかしかった。一緒にいる保母たちもバケツを隠すように囲み、可笑しさを噛みしめていた。それは、どんな美味しいカレーかとハワイ帰りの先生のカレーに期待もあっての笑顔だった。

吉祥寺駅に着くと、福知先生が迎えに出ていた。かわるがわるに、バケツを提げて後に続いた。表通りから右に入ると、急に静かになり樹木が多くなった。

「足元に気を付けてくださいね」

そこは少し水たまりになっていて、板が八つ橋のように並んでいる。福地先生が置いたのだろうか。その上を面白がって歩いた。その先にポツンと家が見えた。

「ここなのよ。遠いところ、ご苦労様でした」

何だか絵本に出てくるような佇まいだ。中に入ると、真ん中に達磨ストーブがあり、それを囲むように壁にベンチが付いていた。

「この家は、私の友だちがあり合わせの材料を持ち寄って建ててくれたのです。だからこの家には直角がないのです」

福知先生が笑いながら、しかも満足そうに紹介した。みんなは一斉に、天井の隅や部屋の角に目をやった。確かに、少し曲がっているように見えるが、言われなければ気が付かない。それよりそんな友だちがいるなんて、どういう人なのか。そのことの方が不思議だった。カレーの味は、今まで味わったことのない物だった。ハワイ流に違いない。

お腹がいっぱいになると、わいわいと雑談に興じた。

「それでは、本題に入りましょうね」

梅森会長が言った。

「そうですね。お腹に力を入れて真剣に」

今日は、「バターか、大砲か」という例題だ。厚生省の予算の組み方に対する私たちの態度をどう表していくのかの討議が中心だ。福祉予算か、軍事予算かだ。

まだ保母の会ができる前、園長会の有志と中山マサ厚生大臣に直接申し入れた時のことを思い出した。大臣は「託児所の……」と発言をした。労働者クラブ保育園の塩谷アイ園長は、

「大臣のくせに託児所とは何ですか。今は保育所となっていることも知らないのですか」

と叫んだ。会議室いっぱいの人たちはその気迫に押されたが、大臣は、そんなことはたいしたことではないというようにすましていた。

「あんた、共産党なの」

園長を指さしてどなった。

「関係ないでしょ」

塩谷園長は言い返した。

厚生省と交渉、要請する保育関係者（右端、著者）

私は、初めてあのような交渉場面に立ち合い、胸をドキドキさせていた。

近いうちに社会福祉協議会として、請願行動があるらしい。自衛隊の予算を大幅に増やすため、社会福祉予算に大なたが振れたからだ。

「バターか大砲か」

という文字が新聞の見出しに大書された。大変なことになると思った。今でさえ充分でないのにこれ以上どう締め付けるのか。父母負担を大幅に値上げするともいわれている。

「全社協は厚生省に押し掛けると言っていますね」

「保母部会も合流できるといいですね」

「ウィークデーですね」

「出られるでしょうか。今でさえ手が足りないのに、残った保育者の負担が重くなりますね」

「このことは今、決められないわね。持ち帰って、みんなの意見をよく聞いてからでなければね」

果たしてどうなるか。代替え制度のない保育園では病気で休むのさえ遠慮がちで、少しでも良くなると午後からでも出勤することがあった。病気ならともかく、請願行動に参加することで保育園を空けることができるだろうか。

けれどもこの請願は、これからの福祉行政を大きく動かしたいというものだ。頑張れば一日のことだから、何とか請願行動を成功させられるのでは、と思った。結論は出なかったが、みんなの顔には、絶対、参加しようという意気込みが感じられた。福知先生の家を後に、帰りは空っぽのバケツを持って中央線に乗った。こんなことは初めてだ。

童謡デモ

全国社会福祉協議会、園長部会、保母部会合同で国会議員会館前に集合した。数人の議員が出て来た。保母の会で集めた署名の束を手渡した。代表者が、議員に向かって挨拶し、請願の趣旨を述べた。議員からは趣旨はわかりましたということで、特に善処するような力強い言葉はなかった。虚しい気持ちがした。国会議員は我々が選挙で選んでいるのに、何の力にもなってもらえないのか。代表から、挨拶とここでの解散が告げられた。どうしようか。まったく手ごたえのない今日の行動は、無理をして参加した保母たちにやり場のない気持ちを残した。「このことを一般の市民の方たちにわかって貰えるように、ここから、保育園の現状を訴えながら歩きましょう」

梅森委員長の呼び掛けにみんな賛成した。私もこのまま帰れないという思いが強かった。保育の為に残った仲間になんと報告するのか、成果に手応えがない。

「保育料の値上げ反対」

「保母の給料を世間並みに」

「給食費の予算を増やせ」

「おやつ代を上げろ」

「保母に期末手当を出せ」

一人の叫び声に全員がそれに唱和した。シュプレヒコールというのだそうだ。私は恥ずかしさを超えて大声で叫んだ。何処を歩いたのか、銀座通りに近くなった。

「歌を歌おう」

誰かが叫んだ。一体何の歌を歌うつもりなのか、一瞬戸惑った。後ろの方から、「おててつないで」の声が流れて来た。私は梅森委員長と並んで先頭を歩いていた。歌声を聞くと自然に腕組みをしたくなった。みんなもそう感じたのか五人の隊列毎に並んだまま、腕を組んだ。厚いオーバーを着ていたが、両隣の温かさを感じた。「夕焼け小焼け」も歌った。「七つの子」を口ずさんだ時、私は保育園にいる子どもたちの顔が浮かんで涙が出て来た。あの子たちが待っていると思ってしまった。

隊列は、銀座に入っていた。人通りが多く、不思議そうに見ている人や、頑張ってという人もいる。ビルの窓から、大勢の女性が手を振っている。保育園に子どもを預けて働いているのかもしれない。私は元気を出そうと思った。子どもたちに代わって声がかれるまで歌うことにした。

　どうしてお腹が減るのかな
　喧嘩をすると減るのかな
　仲良くしてても、へるもんな
　かあちゃん、かあちゃん
　お腹と背中がくっつくぞ

うたごえは銀座通りに響いた。歌声に、歩道を歩いている人も立ち止まって、笑顔で手を振ってくれた。

翌日の新聞には「童謡デモ」の記事が詳しく載った。こんな記事を読んだ人々は何をどう感じるだろうか。

思えば、一九五三年（昭和二八年）東京保母の会が発足。三年後の三月十日、東社協保母の会が結成された。仲間との手つなぎが出来た。一人我慢の保母生活を送っていた私にとっても、感慨深いものだった。梅森会長と腕を組んで先頭を歩く私は、こんな日が来るなど思いもよらなかった。

この年、アカと呼ばれた「東京保母の会」は発展的解消をした。保育界だけではなく、社会も目まぐるしく変わった。働く婦人の中央集会が初めて開催された。けれど公選制教育委員会が廃止、任命制教育委員会制度となる。愛媛県で教員の勤務評定が実施され、その翌年、勤務評定（反対）闘争が始まった。前進していくものと思っていたのに。

「教え子を再び戦場に送るな」

と日本教職員組合が掲げていたスローガンはどうなっているのだろう。国の政策は後退していくように見えた。

保育所保母の給与実態調査が初めて行われた。期末手当の要求が認められた。エプロン代として商品券を受け取った。よく見ると、それは大井町の阪急デパートでのみ使えるもので、自費を出せばエプロン以外の物でも買えるという説明がついていた。しかし自費を出す余裕などない。大井町までの交通費さえ惜しいのだ。私はみんなとお揃いの保育に使うグリーンのエプロンを買った。

目覚め

一九五八年（昭和三三年）、安井都知事に保育所の現況を訴える陳情をした。

「保育園は家庭の事情で保育に欠ける子どもを預かるところという規定になっている。怪我をさせずに親に返せばそれでいいんだ」

「犬や猫ではないのです。子どもたちは年齢に応じた発達をする。保育者はそれを保障したいのです。そのために今の受け持ち人数を考えてほしいのです。ある保母は、鶏を追いかけているようだと言っています」

いくら現状を訴えても聞く耳を持たない福祉保健局の役人に腹を立てながら帰って来た。

予算要求をするにあたって、保育者として、物言えぬ子どもらに代わって要求するためにもっと学習しよう。

秋田美子先生を呼んで学習会を開いた。理想的な保育をする為に今何が足りないか。保育園経営を成り立たせるために自由契約児を入れているが、措置児と差別をしている保育園もあるとのこと。こうしたことも踏まえて、予算要求をしていかなければということなどを学んだ。

保母の給与はこの時、ニコヨンと呼ばれた日雇いの一日二四〇円より安い。

「眠れる獅子よ目を覚ませ」

と予算運動が園長会とともに活発になった。その年の暮れ、日本社会事業大学の一室にいた。夜は更けていたが、来年度予算がどう決まるのか見守るためだ。厚生省は徹夜で予算を組むという。窓からは煌々と明かりが漏れている。福祉予算がどう組まれるか。それを見守る社会事業福祉大学の一室に、私は詳しいことが解らないまま、なんでもいいから役に立てばとの思いでいた。

　夜中に突然電話が鳴った。厚生省からの情報だ。永田書記長が田村委員に塩谷アイ園長に連絡を取るようにという。午前二時だ。一緒について行くように言われた。

　二人は、タクシーで幡ヶ谷の塩谷園長宅に向かった。塩谷園長は、玄関に電気をつけて待っていてくれた。

「ご苦労様。大変だったわね」

　そう言って居間に案内してくれた。狭いが、きれいな洋間だった。将来はこんな部屋に住みたいと思った。塩谷先生は、労働者クラブ保育園の園長だが、こんなに近くで会うのは初めてだった。書類を受け取り、目を通した。その顔は、きりっとしていた。

　そして、用意していたらしいお盆に二人のカップを載せてテーブルに置いた。

「咽喉が乾いているでしょう。どうぞ」

　それはリンゴをこまかく刻み、牛乳を入れ、上にレモンの切れ端の載った、今まで見たこともない物だった。いただきながら、世の中には、こんなにおいしいそして美しい物があるのかと、大事な要件よりそのことに感激していた。

塩谷園長と田村さんは、厚生省の予算編成の動きの事を真剣に話し合い、要件が済むと、その結果を持ってまた原宿へ戻った。真夜中での行動に興奮しているのか、少しも眠気を感じなかった。

保育料の値上げは抑えられるのか。保母の期末手当は盛り込まれるのか。産休代替えは補償されるだろうか。色々学習してきたが、政治の動向は、手の届かないようなもどかしさを感じた。保母自身が人任せのような感じもする。保育内容に対してももっと研究をしなければと思う。幼児教育の大切さをアピールするべきだと思うが、表面的な事しか考えていないのではないか。犠牲的ではなく誇りの持てる仕事である自覚が欲しい。自身の学習の必要をひしひしと感じた。

職場での話し合いで、組合を作るべきだということになった。日本社会事業職員組合、通称「日社職組」に入れて貰ったらどうか。そして、かねてから、組合があればと言っていたなかよし保育園と鳩の森保育園とも話し合い、三園だけでも、と組合に加入した。

初めてのメーデー。園長と父母の会と組合とが話し合った結果、保育園は五月一日を休園にした。メーデーに初めての参加だ。

社会事業大学の玄関前に集合し、代々木の会場へと出発した。養護施設の職員や老人ホームの職員、そして田村さんや永田さんたち、共同募金会の女性職員も参加していた。ふと見ると、大学でお世話になった鷲谷教授や小川教授も一緒だった。暫く歩いて会場に着いた。

代々木の森は赤旗や様々な要求を掲げたプラカード、仮装した人々で溢れていた。壇上からの挨拶は、労働者の権利や尊厳が力強く訴えられていた。そちらに耳を傾けながら、昼食のおにぎりを頬張った。

やがてざわざわと動き出した。デモ行進が始まった。マイクからインターナショナルの歌が聞こえてくると、会場は、一つになって唱和した。初めて歌う「若者よ」とか「頑張ろう」などみんなの後について歌うのだが、繰り返しているうちに、楽しく歌えるようになった。「しあわせの歌」や「原爆許すまじ」の歌は、心に沁み通っていった。歌が、みんなの心を一つにするように思った。

私は、もともと歌うことが好きだった。子どもたちにもオルガンを弾きながら、一緒に歌ったが、邦子ちゃんはブランコをこぎながら、「きしゃのまどから、ハンケチふれば」など、ラジオから流れてくる流行歌の方をよく口ずさんでいる。お母さんは「家でもみんなが歌うから」と笑っていた。家中みんなで歌える歌があればいいのにと思った。

同僚の小倉さんは、中央合唱団に知人がいるので、指導に来てもらえるかどうか聞いてみようかという。尋ねてもらうと、日比谷高校の社会科の先生で、「原爆を許すまじ」の作曲をされた木下航二先生が協力してくれるという返事をもらった。こんなに嬉しいことはない。月に一度、土曜日の夜に決まった。日本教具をはじめ、日本起重機、渡辺製鋼、日本特殊鋼など近くの工場の組合員にも参加を呼び掛けた。大人が何十人も集まって保育園の床が持つのだろうか、と心配したが、床板は厚くまったく心配なかった。

木下先生も、このようなグループに指導に来るのは初めてだと、喜んで引き受

木下航二先生を囲んでコーラスの会のお母さんたちと
（左から２人目が著者）

けてくれた。わくわくした。保育を終わり、掃除を済ませると、夕食など摂る間もなく、部屋にエプロンを放り込んでコーラスの中に飛び込んだ。黒板に模造紙に書いた歌詞を張り、アコーデオンに合わせて新しい歌を覚えた。ロシヤ民謡が多かったが、「百舌鳥が枯れ木で」などもおぼえた。また「しあわせの歌」や「ふるさと」は毎回歌った。木下先生は、フオークダンスや民謡も教えてくれた。園長もそのご主人も楽しそうなうたごえに部屋にいられず、出て来て仲間に入った。二人で組むフオークダンスでは、いろいろな男性と腕や肩を組むのでどきどきした。また、相馬盆歌や会津磐梯山など民謡も踊った。

保母になれば子どもたちと毎日遊戯ができると思ったほど、踊りの好きだった私は、こんな楽しいことができることにしあわせを感じた。そんなある日、木下先生から、赤ちゃんが生まれたことを知らされた。みんなが喜んで、おめでとうございます、を連発した。

「ああ、結婚していらしたのか」

私はちょっとがっかりした。

「先生に丁度良かったのにね」

平林君のお母さんから冷やかされた。見透されたのか。少し恥ずかしかった。

歌声運動は中央合唱団の働きかけもあり、日本中に広がっていることを知った。子供の家保育園から分かれて行ったなかよし保育園でも、白鳩コーラスが生まれていた。みんなで集まって歌う楽しさや心地よさ、心の交流が伝わり、東社協保母の会の中に歌声サークルを作ろうという事になった。

出かけることなど余りなかった父母たちは、コーラスに来ることで何とか自分の時間を持つことができるようになった。

お母さんたちにも勉強してもらいたいと、法政大学の早川元二先生に子育てについて講演していただいた。保母の会ではよく聞いていたので、お母さん方にもと思ったのだ。先生は色白で四角い顔をしていらしたが、話は柔らかく、お母さん方の評判がよく何度もお願いした。内容は大事なことだが、話し上手で、お母さんたちはお腹を抱え、涙をこぼして笑い、聞いていた。日頃、自分たちが子どもにしていることを指摘されているからだろう。命にかかわるようなことでなければ、怒らなくてもいいとか、兄弟げんかなど三分も見ていれば終わるなどと話された。身振りまで入れるので、「先生は色白で俳優さんみたい」とも言って評判が良かったが、若くして亡くなられてしまった。ショックが大きかった。

保母の会大田支部でも毎月、学習の場を設けた。会場を保育園にというのが園長会から約束させられた。園長たちは、まだ保母の自立がこわかったのだろう。そのために各園を廻り持ちにしたが、活発な話し合いは出来なかった。

東社協保母の会の委員会は度々開かれるようになった。看護婦の産休代替え制度ができたことを新聞で見た。保母はいつになったらこの制度ができるのだろう。委員会で話題になったが、それは当分望めないというあきらめの雰囲気だ。当面の子どもたちの処遇のことが話題になった。

「蒲田保育園はね。昼食の時、手を洗わせていては水道が勿体ないからといって、全員におしぼりを配ってそれで手を拭かせるんですって。そして午後のおやつの時間までに保母がこれを洗ってね、また、おやつの前にそれで手を拭かせるんですって」

「保母さんも大変ね」

誰かが言う。

「うちの保育園はね、初めの頃バケツを二つ用意して、一つのバケツで洗った手をもう一方のバケツの水で洗ってそれでおしまい。バケツの前に子どもは長い列を作って順番を待つの。本当にきれいに洗えたか疑問だけれど、園長には何も言えないし」

江東区の砂町保育園の話だ。子供の家保育園ではコンクリートの流しに蛇口が三つついている。外なので冬は寒いが、水道で洗わせているのだからずっとましだと思った。しかし、下駄をはいて庭を横切って手洗い所に行くのは本当に不便事なので、早く改善してもらいたいと思っている。

これらの子どもに対する処遇も、もとをたどれば予算の問題だ。どこの園長もケチなのではなく、節約をしなければやっていけないのだ。そのしわよせをどこに持って行くか。それが、園長の考え方に違いがあり、自分の子どものことだから父母から足りない分を徴収すればいい、という園長もいて、園長会の中でもまとまらないらしい。保母の給料が上がらないのも当たり前のことだ。保母はこうして我慢することが慢性化している。犠牲的な精神が美しいとさえ思っている。

「私たちも人間なのよ。たまには、素敵な洋服を着てデートでもしたいわよね。映画だって観に行きたいけれど草臥れてしまって、休みの日は、掃除洗濯を済ませると後は、寝ていたいなんて、まるで年寄りみたい」

「そうそう電車の中で居眠りしているのは、保母だと思えですって」

「私たちって、子どもの為とか何とかって綺麗ごとばかり。子どもの為にも自分たちの為にも、もっと要求をはっきりさせて当局に働きかけていかなければ、いつも愚痴だけで終わってしまうのよ。保育専門学校を出ても嫁入りの勉強ができたというだけで、保母になる人はごく僅かだというのも、職業に魅力がないからよ。言葉がきついかもしれないけれど、団結して闘わなければ」

鳩の森保育園の中村主任保母だ。地方で村会議員をしていたというだけあって、いうことが違うなと感心して聞いていた。でも闘うってどうするのだろう。

引っ越し

金屋さんは結婚し、隣の部屋から引っ越していった。子どもが生まれるというので、森ケ崎に間借りをするとの事。しばらく職場を休むことになるので、若い保母見習いの千葉絹子さんが入って来た。夜は保育専門学校に通う。そのことで、私が二クラスを持つことはなかったが、金屋さんには給料の保障はなかった。子どもが生まれて家賃もかかるようになって、夫の給料だけでのやりくりは厳しいという。産休代替え制度がないというのは、こういうことなのだ。

千葉さんは、二人でアパートを借りようという。住み込みでなければと諦めていた私は、引っ越すという選択肢があることを考えたことがなかった。

「そうね、二人で部屋代を出し合えば」

正敏君のお父さんは運送業をしていた。相談してみると、休みの日に無料で運んであげるという。引っ越し代を心配していたが、好意に甘えることにした。保育園からは歩いて十分、京急大森町という駅のすぐ近くだ。ここなら、夜遅く帰っても大丈夫だ。六畳に二人、押し入れがある。台所と手洗い所は共同。といってもここはアパートではなく間借りなので、大家との共同だ。千葉さんは夜学なので、帰りは午後十時過ぎ。私も保育が終わると委員会に出掛けたり、保育問題研究会に行ったりで十一時近かった。

保育問題研究会に行くのがこの上なく楽しかった。城戸幡太郎先生が会長で、心理学は法政大学の乾孝教授、音楽は須川久先生であることは入会してから知った。後に大学を出たばかりというかにも学者肌の宍戸健夫さん、一番ケ瀬康子さんなども会員に加わり、保育の歴史分科会も出来た。私は、戦争の為に疎開し経済的に大学へ行くことを諦めたこともあり、大学へ行けなかったひけ目を取り返そうと、どの分科会にも参加した。

飯田橋の駅から、川沿いに夜道を歩くのは春夏秋冬を楽しむことができたし、法政大学の門をくぐって、乾教授の研究室に行くのは、夜学生にでもなった気分だ。ここで新鮮に感じたのは、子どもの発達をどう考えるかだ。何か月で何ができる、何歳でこのことができる、ということではない。そこまでできるようになる過程が大事なのだ、ということだった。

「うちの子はまだこのことが出来ない」

と心配する親にどのように話し合えばいいか。私はいろいろ考えさせられた。戦前から保育をしていた畑谷光代さんは、子ども同士の喧嘩もクラス全体で考えさせると言い、のちに乾教授と共書で『つたえあい保育の誕生』を出版した。

音楽部会は都電の神田須田町を降りて、キンダーブック本社の地下室だった。

部会で先輩の杉本先生や福知トシ先生に会えるのも嬉しかった。十一時近く駅について、五分で家に着くのだが、その途中に喫茶店があり、窓から明かりが漏れている。そっと入ってみると、カウンターだけのせまい店だった。オーナーは三〇歳代の女性だ。コーヒーを注文すると、バターピーナツが一緒に出て来た。私は感激した。「こんなサービスがあるなんて」。夜遅く帰る日は、ここに寄ることが度々になった。それが唯一の贅沢だった。

「前に貸していた人は、良くお湯を沸騰させてガスの無駄使いをしていたけれど、貴方達は、そんなことがないからよかったよ」

と大家のおばあさんから言われた。褒められたのではなく、それとなく注意されたのかもしれないと思った。居心地が良い下宿だったが、一年もすると、千葉さんが結婚するために部屋を出ることになった。一人でここの家賃を払うことは無理なので、親友の清岡マチさんに相談した。池上の公団住宅に住んでいたマチさんは、狭いけれど家へ来なさいと言ってくれた。マチさんとは将来、二人が夫に先だたれた時は、一緒に住もうと言っていた仲よしだった。家賃と朝夕の食事を含めて、四千円でといってくれた。世田谷に居た時からの友人で、夫の清岡卓行さん（フランス文学者）も歓迎してくれた。借りた三畳の部屋には、本棚に日本文学全集が並んでいた。それを自由に読むことができた。それだけでも毎日が幸せだった。

「今日はお金がないから、ウナギをとろうか」

マチさんの言葉にびっくりした。

「ソバ屋じゃ無理だけれど、鰻屋ならつけが効くからね。パパの原稿料が入ったら払えばいいからね」

そんな生活をしたことがなかったから、満州から引き揚げて来たマチさんは特別なのかと、美味しいウナギを食べながら妙に感心した。居心地は良かったが、保育園まで通うには、あまりにも時間がかかった。バスで片道四十分。

やがて、楽しかった池上の下宿生活に終止符を打ち、梅屋敷に引っ越した。

そこは、梅屋敷の商店街の真ん中にあり、瀬戸物屋の二階だ。二畳と三畳の部屋があり、私は三畳の部屋を借りることにした。畳一畳千円なので三千円、水道、ガス代を含めて一ヶ月四千円だった。ようやく自立した。台所や便所は共同だが、それをとやかく言える場合ではない。ここからは、職場まで歩いて七分ほどだった。交通費はかからない。電気コンロと文化鍋を買い、ご飯や少しの副菜は部屋で調理する事ができた。

結 婚

東京保母の会で事務局長をしていた谷田部さんの結婚式で労働者クラブ保育園に行った時、塩谷園長が貴方にもいい人を紹介してあげるからと、笑いながら声をかけてくれた。しかし、埴原園長は、私がそのうちに世話をするから、今はまだ早いと言って断った。妊娠などで休まれては大変だという表情が現れていた。矢口保育園の園長から、丁度いい人がいると紹介されたときも、診療所の子島一郎先生（大田診療所の副院長）から薬局の息子さんだけれどという話も、全て賛成してもらえなかった。

私は、結婚にあまりこだわっていなかったが、自分の手で、我が子を可愛がって育てたいという願望は強かった。保育園でどんなに可愛がっても、やがて学校に行ってしまえばほとんど会うことが出来なくなることを寂しく思っていた。

「この頃、咳が止まらなくて」

埴原園長は診療所にかかっていたが、持病の気管支拡張症ではなく肺結核であることがわかった。清瀬の病院に入り手術となった。夫の埴原一丞氏は心配でいても立ってもいられず、手術中は映画を見ていた、と作り笑顔だった。

丞子ちゃんは

「本当にしょうがないパパなんだから」

と言って私たちに大人ぶって話した。二人ともどんなに心配していたか。私たちも何も言えなかったが、手術は片肺を取るほどの大手術で入院期間も思ったより長引いてしまった。金屋さんと何度か見舞いに行った。それでも行くたびに、顔色もよくなっていったので安心もし、一日も早く元気になるようにと思った。

ある日のこと、

「先生に丁度いい人がいるのですが」

父母の会の副会長の裕美ちゃんのお父さんが訪ねて来た。園長が、入院中なので断ろうと思ったが、一丞氏が話を勧めてくれたので、どんな人か交際してみることにした。

見合いと言っても銀座の行きつけのところらしく、後で聞いたら、お客はみんな社員だったという。品定めをされていたのだ。

給料は安い、子どもの頃に両親が病死、親戚など頼るつもりもない、貧しいけれど社宅があって、そこに住むという。住む家に苦労してきたので、社宅と聞いただけで安心した。貧乏だということにもこだわらなかった。お金持ちの人が突然貧乏になったら立ち上がれないかもしれないが、貧乏なら、慣れているし、突然何か起きても大丈夫だと思った。結局結婚することになった。

そして毎晩、食事に来るようになった。私は大家さんに怪しい人ではないことを話し、光熱費について聞いたが、今までどおりでと言ってくれた。しかし二人分の食事代はかさみ、貯金もなくなって来た。彼はまったくそのことに無頓着だった。「ビールを買っといて」などと言われたときは、財布の中が心配だった。

田舎の父に手紙を書いたら、さっそく上京してきた。

「結婚するなら、学校の先生かと思っていたが、会社員なのか」

父の言葉は意外だった。私をそんな風に見ていたのか、無関心に見えたのに。

結婚式は会費制でと思っていたが、鏡は、今まで全部人の世話になってやってきたのでこれは自分ですべて整える、と言って譲らなかった。会社の傍の中央区区民会館でというのでまかせることにした。

安保闘争

一九五九年、仕事が終わると毎日国会へと足を運んだ。国会の周辺はメーデーに集まる人の群れより大学生なども多く集まり、隊列を組んで「安保反対」を叫びながらデモ行進をした。東社協保母の会は私学教育連合会の後ろに並んだ。蛇行しながら行進していると、劇団民芸の役者の人たちとすれ違った。私は、舞台から降りて普通の人になっている役者の素顔を意外に思ったが、毎晩会っているうちに親しみを感じた。文学座で「セールスマンの死」を演じる時、子どもを持つ女性にも演劇を楽しんでもらいたいと保育所が設けられ、頼まれて手伝い、女優さんたちと親しく顔を合わせたことなども思い出した。

そんなことを思い浮かべながらも、駆け足はそのまま国会の前を通り過ぎ、下げていたプラカードをまた高く掲げて、声高に安保反対を叫び続けた。流れ解散で、家に着くのは、毎晩十時を回っていた。夫は、まだ起きていたが、「ただいま」と言っても、返事もしなかった。昨日もそうだった。

私が、毎晩デモに出掛けて帰りが遅いのを怒っているのはわかっている。けれども安保条約が廃棄されないのはもっと大変なのだ。岸内閣が安保条約の十条にもとづいて通告すれば、破棄することが出来る。アメリカの基地がなくなり、本当に平和な日本が取り戻せる。基地があれば、日本が戦争をしなくてもアメリカの基地をめがけて攻撃されるかもしれない。いつまでもアメリカに従属しているのはまっぴらごめんだ。夫の機嫌が悪い事など気にしてはいられない。台所をざっと片付けて明日の朝食の準備をするとすぐ布団に入った。疲れていても今日も行ってきた、という満足な気持ちですぐに眠りについた。

退職

翌年、流産を繰り返し、とうとう退職を決めた。保育の仕事がやはり過重労働だったのか、退職後しばらくして長男が生まれ、翌年次男が生まれた。子どもは、保育園に入れればまた働けると思ったが、三歳以上でなければ入れない。折角保母の資格をもっているのに、私は就職できない。今は我が子をしっかり育てよう。我が子もやがては社会人になる。今まで学んだことを我が子に生かすのだ、そう自分に言い聞かせて子育てに専念した。

結婚して移り住んだ社宅は、幸いなかよし保育園の近くだった。三月生まれだった長男は、保育園が特別設けていた二歳児クラスに入ることができた。

鈴木冨佐園長の考えで、地域の要求に対して二歳児の為に掘っ立て小屋のような部屋を建て増ししたのだ。私は家で乳児を預かることにした。

保育園で聞いたと言って、赤ちゃんを連れて見えた。

「柴崎と言います。上の子と離れていて、産まないつもりで三度も病院の前まで行ったのですが、三度目に産むことを決めました。でも預けるところがなくて、私も働きたいし」

「そうですか。私も同じ気持ちです。お役に立てれば。可愛い女のお子さんですね。うちは男の子なので嬉しいわ。お名前は」

「千代です」

「千代ちゃんですね、可愛い名前」

「生まれてよかったですね。こんな可愛い子」

「ええ、今ではそう思っています。家中大騒ぎで」

千代ちゃんは朝九時前に来ることになった。

長男の克行と二歳の直行を乳母車に載せて、八時過ぎに送っていった。

「奥さんて、いつも急いでいるのね」

知らない人に声をかけられた。そうかもしれない。気が付かないが、変なクセが身についているらしい。

「千代ちゃんを待った。社宅は狭いので、保育の場を少しでも広くと、テレビは二階に移した。このテレビは、夫はなくてもいいと言って買わないので、正月に仲人の社長の処へ挨拶に行った時、子どもがテレビを欲しがっても高くて買えないというと、

「うちのテレビを一台もっていきなさい」

と言ってくれたものだ。私はあつかましく、

「電話が無くて不自由なのです。夜中まで帰ってこないので交通事故でもと思って」

と言った。夫が社長の運転手をしていたからだ。

「電話は工場が終われば切り替えておくようにするから」

社宅は工場の敷地にあったので、それは簡単なことだったらしい。

「ほら、ごらんなさい。貴女は、なんでも言いなりで、安い給料に甘んじているから、贅沢だとか無理だとか言っているけれど、話せば聞いてもらえるじゃないの」

黒いダイヤル電話が我が家に来た。自由に使ってもよいことになっているので、電話代は無料だ。要求はするものだ。私はいつか身についていたらしい。

畳の部屋を広げて。キッチンに続く廊下は段差があるが仕切りがないので、そこも使えた。

何日も経たないうちに妹が娘の由里を連れて来た。

「姉さん、私も働きたいの。由里を見てくれない。近藤電機が募集しているのよ」

そこは私の学校時代の友人が嫁いだところだ。長野県の学校で二人とも疎開者で仲良くした間柄だ。偶然同じ町に住むことになり、二人で喜んだ。

「お礼は給料の半分でいいでしょ」

「別に要らないけど」

姪の子守で保育料を取るのはおかしいと思ったが、言い出したら聞かない妹なので、それでいいことにした。玩具も女の子向けにそろえた。絵本は、抱っこして読んでやると喜んだ。本をもって、這い這いをして膝に乗ってくる。

五ヶ月もした頃、引っ越しということで千代ちゃんが辞めた。もうちょっと傍に置きたかったが、そうはいかない。由里が一人になると、遊び相手をなくして寂しそうで、時々玄関の方を覗いていた。もう来る頃かと思っているのだろうか。

それから間もなく由里の兄が通っている森ケ崎保育園で、

「一歳に満たないが、お母さんが二か所に迎えに行くのは大変でしょう。八か月にしてはしっかりしているし、丁度一人空いたから、ここに入りますか」

と言われたという。妹は、喜んで入園をお願いした。区立では、一歳児からの保育が始まっているのか。私は羨ましい気持ちと保育事情の変化に驚いた。

「姉さんはお茶が好きだから、お礼に」

と言って、妹が万古焼の茶碗をプレゼントしてくれた。由里は可愛くって、こちらが楽しんだのにと思ったが、遠慮なく受け取った。

誰か預かりたいと思っているところへ、なかよし保育園の園長、北野先生が見えた

「幸子を預かってもらえないかしら。産休が空けたので、もう出勤しなければ」

「えっ、産休が取れるようになったんですか」

「そうなの、もう大分前からね。組合が出来てから、いろいろ改善はされているんだけれど、育児休暇までは」

　私は二つ返事で引き受けた。そして、一月の末、福祉事務所からの訪問を受けた。

「お宅は赤ちゃんを預かっているそうですね。それなら、このまま預かってもらえませんか。ご自分の子も一緒に」

「あのね、ゼロ歳の子どもと三歳の子では発達の仕方がまったく違うんですよ。保育園に入っている子どもをまた家に戻すなんてできません。それより、このお子さんを保育園に入れるべきです。子どもは集団でいることが発達の上で大事なのです。お宅たちは、なるべく家で育てさせるように、公的予算を使わないようにと言われているのでしょう。私は社会福祉士の勉強を若い時にしましたが、その先生から、上を向いて仕事をしてはいけない、困っている人の方を見なさい、と教えられました。まだお若そうですし、福祉の仕事に携わるのでしたら、生活保護の申請にも携わるでしょう。どうか頑張って利用者の味方になってくださいね。宜しくお願いします」

随分生意気なお願いの仕方だ。しかも強引に。けれど間違ってはいないと思った。

私が子供の家保育園を辞めてから、保育園の様子は随分変わった。今は完全給食で、一時期、鈴木先生がどの子も同じものを食べさせたいと主食費だけ家庭から集めていたが、一九六七年に革新都政になってから、給食費は措置費に含まれるようになった。鈴木先生の願いは保育園全体のいや、子どもたちの願いだったのだ。次男の直行が保育園に入れたことで、幸子ちゃんは私の長女のように面倒を見ることができた。幸子ちゃんはお母さんと離れることを嫌がらず、私に飛びついてくる。家の中だけでなく散歩にでたり、買い物にも連れて行き、女の子が生まれたらこんなかなと嬉しかった。活発で、こたつの上の板に上がりそこから私に向かって飛び降りるので、これはお膳と同じだからダメ、というと、小さい手で板をどけて相変わらずジャンプする。おむつを当てているが、部屋の隅に行ってじっとしたら急いでトイレに連れて行くことでおしっこも成功し、褒めると嬉しそうにした。

　夕方、二人の子どもを保育園に迎えに行きながら、幸子ちゃんを先生に、ということになっているのだが、仕事が残っている時はまた我が家へ連れ帰る。乳母車の両脇に二人の子どもは捕まって嬉しそうにおしゃべりをしている。夕飯の支度をする間はまるで三人兄妹のように笑い声がにぎやかだ。

　七時近く、夫が帰ってくると、

「お父さんだ、お父さんだ」とバタバタと玄関に行く二人を追いかけて、「お父さんだ、お父さんだ」と幸子ちゃんも走った。

園舎改築

　産休明けからの保育やその他、都民の要求を無視した東龍太郎知事の悪政に怒り、「革新都政をつくる会」が生まれた。都議会の黒い霧事件に端を発した都議会解散を求めるリコール運動がおこり、都民の三分の一以上の署名を集めようと、労働組合や保育関係者、共産党や社会党などが結集した。私も日曜日など保育園の先生方と協力して、各家をまわり署名と印鑑を戴いた。自筆でなければいけない。印鑑または母印が必要なため時日の掛かるものだったが、ついに伏魔殿と呼ばれた都政は倒れた。革新の美濃部亮吉は十四万票の差をつけて当選した。

一九六七年四月一五日のことだ。この日を見通すかのようになかよし保育園は、園舎の改築をしていた。そのため、東糀谷小学校の体育館を借りて全園児の混合保育だった。小学校も建て替えの計画を持っていて、校庭から入るその建物は解体する予定になっていたので幸運だった。トイレや手洗い場もすぐ近くにあった。

私たち父母は、何とかして新園舎で卒園式を迎えさせたいと必死だった。東京都や大田区の援助金、積み立ててあったバザーの資金やカンパ。まだ資金は足りなかった。工事は思ったより日時が掛かり、父母たちも気をもんだが、卒園式に間に合うことができた。鈴木園長はじめ関係者がどんなに喜んだことか。子どもたちは、大はしゃぎだった。

掘っ立て小屋を広くしたような園舎から、ゼロ歳児までも保育できるような三階建ての園舎へ、まるで夢のようだった。

保育証書

氏　名

あなたはこの保育園で
四年間の保育を受けました
ただしいかんがえ
ゆたかな心
じょうぶなからだをもつ
りっぱなはたらく人に
なってください

年　月

社会福祉法人なかよし保育園

とあった。

「立派な働く人になってください」と、一人一人に読み上げられるたびに私はその子どもたちの将来が、夢いっぱいで立派に働ける社会でありますようにと思い、めでたい席なのに涙が止まらなかった。

長男は一年生となり、体は大きいが三月生まれなので少し不安だった。しかし、入学式から帰った長男は、

「もう友だち出来たよ」

という。

「隣に座った子にね、僕、鏡克行っていうんだけれど君、なんていうのって聞いたら、すずきやすゆきっていうんだって、友達になろうなって言ったら、うんって言ったから」

そんなことよく言えたなと感心もし、卒園式の時、「小学校へ行ったら新しいお友達と仲良くしてください」と言われたことを実行したのかな、とひと先ず安心した。

私はチャンス到来とばかり、なかよし保育園に出掛けた。乳児保育を始めるなら保母を増やすに決まっていると思ったからだ。しかし、ことは、そう簡単ではなかった。次男がいる保育園に就職は無理ということだった。それに幸子ちゃんはどうするのともいう。

けれど、産休明けから保育するのだから、私なら絶対に自信があるとまで言った。返事はしばらく待たされた。すでに新しい保育者は選ばれていたからだ。

「給料はなくてもいいですから」

職員会議では随分困ったらしいが、ゼロ歳を受け持つ保母の中に既婚者がいないことがわかり、手伝いならという名目で就職が許可された。夫は渋い顔をしていた。

「だって、鈴木先生から頼まれたのよ。これから教育費だってかかるし、私だって働きたいのよ。結婚するとき、勤めに出ることを約束したでしょ」

夫は何も言えなかった。怒っているのはわかる。夫なりに絵に描いたような家庭を夢見ているのだ。

しかし、私は譲らなかった。女性が自立するには経済的な裏付けがなくては、というのが持論だった。それは戦後、パンパンとかオンリーとか呼ばれた人たちの苦しみを見て来たからだ。もし、夫に何かあったら親子三人露頭に迷わなければならない。その上、私が保母として生きたいという願いが今を除いて再び実現することがあるだろうか。そして尊敬する鈴木冨佐先生のところならきっと学ぶことが多いはずだ。

「子どもが不良になったら、君のせいだ」

と夫は私を非難した。

「もし、ならなかったら、それも私のせいですね」

意地でも子育てを両立させようと思った。

しかし、思ったより大変な事でもある。保育園の職員会議は保育が終わった夜になる。早番の時なら急いで家に帰り、子どもと三人で夕食を済ませると布団を敷き、パジャマに着替えさせ、八時には寝ることを約束させて職員会議に戻った。遅番の時は、帰る暇はないので蕎麦屋に注文し、子どもへ届けてもらう。蕎麦屋は、電話をするとそれだけで心得てくれた。冬は湯たんぽを入れ、パジャマの上にジャンバーを羽織らせておいた。

講習会の時は、絵本やクレヨン、お絵かき帳を持って出かけ、静かに遊ばせた。しかし、九時過ぎになるので眠くなり、子どもたちは二人で留守番をする方がいいと言い出した。講習会の場所が遠い時は心配だが、子どものいう通りにした。誰が来ても決してドアを開けないようにと注意した。

「お母さん、今日お巡りさんが来たから、お母さんは職員会議で留守ですって、ちゃんと言ったよ」

と誇らしげに言ったことがあったので、もしものことがあったら、とり返しが付かないと、予め注意しておかなかったことを悔やんだ。

母に来てもらうことは可能だったが、「留守番させられて可哀想に」と言われることを恐れて、頼まなかった。世間では、鍵っ子を気の毒がる風潮が強かったからだ。私は、自分にできる大事な仕事に行くのだということを、子どもにわからせたかった。子ども自身に働く母親が普通のことだと意識させたいと思った。

一緒に働く仲間も協力してくれて、クラスのカリキュラム作成や、運営の打ち合わせは、職場でなく、私の家に足を運んでくれた。念入りに掃除をしていると、

「今日は保育園の先生が来るの」

などというので思わず笑ってしまうこともあった。仕事と家事とを両立させることを考えることが、楽しくもあった。

二年生になった長男は、社会科の時間に母親の朝の仕事を問われ、朝食の支度などを挙げたが、洗濯と答えなかった。先生は、洗濯は朝の仕事だと言ったが、家では、「洗濯は夜の仕事だ」と頑張ったという。私は夜、洗濯機を回し、翌朝、干すだけにしていた。子供は、よく見ていた。乾いたものが湿らないように、取り込むのは一番早く帰って来た人、と決めていると、試験の点が悪くても、本当のことが言えたことを褒めた。

町会のお祭りに参加。おみこしはお父さん達の手作り

再びの建て替え

もっと理想的な建物にしよう。園長は給食室の近代化やホールについて考えていることを提案した。子どもが具合が悪くなった時、迎えに来るまでの救護室も欲しい。庭がなく近くの公園まで散歩に行くのだが、屋上を造ればプールも置ける。その資金を国や東京都に要請しよう。

園長の希望は保母たちの希望でもある。理事会にはかったところ、すぐに請願を出し、要求が通った。保育園は創立当時からバザーを開いていた。長男が保育園にはい

った時バザーの売り子を手伝ったが、私の受け持ちはソックスだった。穴が開いてなければいいと言われても、

「片方しかないものをどうして」

私は失礼ではないかと思ったが、それがどんどん売れた。溶接工の仕事は火花で穴が開くので色や模様などかまわない。沢山いると十枚十円で買っていった。

バザーは毎年十二月第一日曜日と決まっていた。品物は父母たちだけではなく、地域の方たちも協力してくれた。しかし、石油問題で社会全体が不景気になった時、こんな年は用意してくれた。回覧板は回るが、その前から売れそうなものをきっと売り上げが多いだろうと思ったが、みんながあるもので間に合わせようということだったのか。いつもより少なかった。バザーの売り上げは園舎の修理代にあてられた。

新しい園舎を立てるには、その積立も微々たるもの。それに建て替えの間どこで保育をするのかも問題だ。それにお金はかけられないということで、最近埋め立てられた南前堀公園をと大田区に交渉した。

羽田空港が近いので、防音装置としてそちらの援助もあり、冷暖房が設置された。ゼロ歳から就学前のクラスを、限られた敷地の中で設計するについては、工事を進める会社と保母で各保育園を見学し、決めた。

毎年のバザーは１００万を超えた。私も親類にこえをかけていると、段ボールに入れて送って来た。バザーは有名になり、ある時、

「今蒲田駅にいるんですが、どうやって行けばいいのですか」

そんな電話がかかって来てみんなびっくりした。前日からの値付けや当日の売り子、そして買いたいものが先に売れてしまうのではとハラハラする父母たち。十時からと言っても長い列を作って待つ人。

それは公園での仮園舎の時も休みなく続いた。みんなの力で新園舎が出来た。保育園は、みんなの保育園だ。それが実感できる。卒園して子どもは離れても父母たちは後援会を作っていつも関心を寄せている。

鈴木冨佐園長は子どもに対していつも最高のことをと願っていた。

次男が年長組になった一九六九年（昭和四十四年）、版画教育で有名な太田耕

士先生の指導の下、紙版画教育を始めた。絵画では表せない人物や物の重なりを表現することや、共同作業を身につけていった。カレンダーや絵本作りの時はまるで教室が印刷工場のようだった。笑い話もあった。

「雄鶏と牝鶏はどこが違うかな」

太田先生が訪ねると、

「はい、牝鶏は卵を産むけれど雄鶏は産まないよ」

これには先生も参った。

「その通りだね。他には」

といった。確かに間違っていないからね。それを聞いて子どもたちの発想の豊かさを教えられたり、考え方の自由さに保母たちも大笑いしながら、私が同じ年のころは、戦時中でもあり、先生が求めようとしている答えは何かにいつもこだわっていたように思い、この自由さが羨ましかった。年長組のキャンプも二泊三日となり、子どものわくわくする気持ちと父母の心配とが複雑に入り混じっていたが、それも達成すると親も子も一回り成長したように見えた。そしてこの年、ゼロ歳児のモデル保育所となった。

「今日、産休が明けました」

と言って生まれたての赤ちゃんが入園してきた。男の子で色黒、太陽という名前だ。お母さんは病院の看護婦とのことだが、まだ顔色がさえなかった。

「それにしてもよくピッタリに産んだな」

と玄関で一緒になった美紀ちゃんのお父さんが、半分羨まし気に笑った。入園まで個人に預けて大変だったからだ。太陽君は毎日、揺り籠のような籠に寝かされて登園してきた。保育室までは幼児クラスのわきの外階段を上がって来るので、子どもたちは珍しそうに見ていたが、そのうちにままごとの買い物かごにお人形を入れて歩くようになった。

「子どもって、よく見ているんだね」

ままごとの様子がすぐに変わったのを見て、保母たちは感心もしたが、同時に社会の変化をも敏感に受け止めているのだろうと思った。子どもたちに教えられる日々は毎日変化する。私は少しぐらい疲れていても、

「おはよう」

と回らない口で挨拶されると疲れが吹っ飛んだ。

次男が、一年生になった。

「お母さん、働きにいかないお母さんもいるんだね」

「そうね。いろんなお母さんがいるのよ」

「どうして働かないの」

「それはおうちの事情で、例えば病気の人がいたり、体が弱くて働きに行くのが無理だったり、うちの中で仕事をしている人だっているのよ。お父さんの工場の手伝いとか」

そういうことか。と次男は納得したようだった。

私は新鮮な気持ちで職場復帰をした。既に保母の組合が出来ていた。若い保母たちは奉仕精神というよりも、労働者としての自覚を持っていた。歌声運動の盛んな中、保母のうたごえが出来ていた。国鉄のうたごえとか、いろいろなうたごえの大会があり、中央合唱団の主催で日比谷の野外音楽堂で合唱祭が催された。

この歌詞はなかよし保育園労組が中心になって作られたとのこと。私も組合員としてみんなと舞台に立った。今まであったことのない若い保母でいっぱいだった。

小鳩よ平和の空に

輝く春の陽を浴びて
手をつなごう仲間たち
語り合おう仲間たち
若木を育て大木に
あーあ
明るい未来に伸びるよう
明るい未来に伸びるよう

合唱の為にどのくらい集まるだろうか。主催者が心配していたのに、他の組合より一番人数が多かった。木下そんき先生の作曲の援助もあって、保母のうたごえは成功した。

保育園に復帰

私が保育園に復帰した時、以前の仲間たちから
「なぜ、また保母になんかなったの」と言われたのを思い出した。

「もう、懲り懲り、今なら職場はいくらでも選べる。なんでそんな仕事に再びつくの」

とも言われた。確かに、現在顔を知っている人は皆独身者。戦前から苦労を重ねて来た先輩保母たちだった。保育問題研究会で一緒になるくらいで、組合会議には、あまり見えなかった。

私自身は暫く職場を離れていたし、講習会など積極的に行きたい。一緒に働いていた菊島さんは、

「行っていらっしゃいよ。貴女の子なら卒園児だもの私が見ていてあげるわよ」と言ってくれたので、保育問題ではなくても、関心のある米原いたる後援会にも行かせてもらった。

「お母さん、先生がチキンライスの上にマカロニやなんかが載ってるのをご馳走してくれたの。凄く美味しかったよ」

「えっ、それドリアっていうのよ。良かったね」

またある時は、菊島さんのご主人が釣りに連れて行ってくださったこともあった。働きたいとか勉強したいとかいっても周囲の方たちに助けられてできることだと本当に感謝の日々だった。

国の予算では、ゼロ歳児六人に一人の保育者だったが、東京だけは三人に一人が基準だった。横浜の方から、職場を都内に移して入って来た子もいた。

それでも私たち保育者から言えばまだ不十分だった。一ヶ月に一度の火災訓練には一人で三人を非難させなければならない。訓練とわかっていても、気持ちは焦る。一人で赤ちゃんをおんぶしたことのない保母がいるのが分かった。私は背負い方を教えながら、素早くおんぶをしてまだ首のしっかり座らない子と五ヶ月になった子を両手に抱えて外階段を下りた。

「練習で怪我でもさせたら何にもならないからね」

その日は、保育が終わってから、どうすれば早くおんぶができるか練習した。


美濃部亮吉氏が都知事に再選され、社会保障が充実した。六十歳以上の医療費は無料となり、生活保護費に老齢加算が付いた。保母の給料も格差是正といって、三年がかりで、公立の保母と基本給が同じになった。

「同じ大田区の子どもを保育しているのに」

不満は残ったが、経験給が見込まれた。私は、自分でも驚くほどベースアップされた。しかし経験のない若い保母の給料は公立並にすることで極端に低くなるため、組合会議の議題となった。経験者の給料を削って、若い保母の給料に上のせした。

若くても自立して暮らしていける賃金を保障しよう。一晩話し合った結果を園長に要求した。

鈴木冨佐園長も、

「みんなが気持ちよく働くには、最も良い考え方だ」

と要求を受け入れてくれた。園長自身、若い保母の給料が新しい給与体系で下がることに、心を痛めていたようだった。

革新都政になり、保育園は働く母親の保障をと、ゼロ歳からの保育を推奨した。国の基準を超えて、乳児三人に保母一人の基準を設けた。神奈川や千葉、埼玉からは羨ましがられ、都内へと移り住んでくる家族もいた。私は子どもの頃から弟妹の世話をし、自身の子育ての経験もしたことから、毎年乳児のクラスを受け持つことを希望した。

若い保母には、おむつの取り換え方、ミルクの与え方など、初めてのことに挑戦してもらった。初めて保育園に預ける母親の気持ちも、複雑だった。生まれて間もない我が子を知らない人に預けることには、勇気がいるに違いない。私は、自分の子どもが喘息を治すために長野の母親に預けた時の寂しさを思いだした。

徳島の小学校の教員が、休み時間にトイレで泣きながら、乳を搾ったと新聞で読んだ。トシ君のお母さんは、保母の手に抱かせる時、母親の手までついてくるのではと思うほどだった。けれども子どもの方は、居心地の良い保育園生活には、直ぐになれた。人見知りをしない月齢の低い子は抵抗がなかった。栄養士も一人増え給食内容も充実してきた。

私が保母になったころと変わり、自動車は増え、工場の煙突からの煙は空気を汚した。喘息の子どもが目立つようになった。園内キャンプで泊めた時、私は一晩中喘息の子どもに付き添って咳が出るたびに背中をなでたりして症状が軽くなるようにと見守った。

東京都はNO2〇・〇二以上を害とするというものを〇・四に引き上げながらも、喘息を公害と認定し、十八歳未満に対する医療費の無料化が実現した。シルバーパスの無料発行も実現した。保母の産休代替えや病欠代替え、病欠手当の支給などが保障されたが、社会全体の労働者の位置付けから見れば、まだまだ不十分なものだった。

〇歳児九人を三人で担任していたが、昼の離乳食を与えた後午睡させ、全員が眠ったのを確認して、昼食を摂る。三人の保母が交代で食事をし、一人が保育室で見守りをするのだが、一人が目を覚まして泣き出すと、その声で他の子も泣き出す。保母は隣室で食事をしているが、泣き声を聞くと昼食どころではない。とうとう食事は半分しかたべられなかった、など当たり前だった。

休憩時間もない労働条件に耐えられず、辞める保母もいた。その上、保育日誌を付けたり、保育計画を立てるなどは時間外の仕事であり、職員会議は、相変わらず夜間である。

乳児保育は、言葉が通じない分だけ身体を使う。あるとき、どこで見ていたのか、次男が、

「お母さん、大きいクラスに行けばいいのに」

と言ったことがあった。抱いたりおんぶをして、その上何かをしているなど、子どもの目からも大変に写ったのだろう。でも私は、〇歳ほど成長の速さが目に見えるし、その過程が様々であることもわかり、教科書どおりではない新しい発

見が楽しかった。保育者としての誇りが持てた。

竹村宏子保健婦さんの指導も受けながら、懸命に成長記録をつけていた。一ヶ月に一度の健康チェックがあり、大田病院から須藤医師が診察に見えた。

「あれ、この子は入園診査の時、心臓の異常はなかったですね」

「はい、なかったです」

私は記録を確かめながらはっきり答えた。

「でも、こんなに異常な鼓動が」

医師は首を傾げた。私は、敏行君の顔を見た。歪んでいる。

「先生、トシ君は、怖いのに泣くのをじっと我慢しているんです」

それを聞いて、先生は大声で笑い出した。トシ君は、笑われたことでとうとう大声で泣き出した。心臓は、平常に戻った。先生は「さすが、よくわかりますね」と言ってまた大笑いをした。

「いやなことは泣いてもいいんだよ」

先生に言われて、突然大きな声で泣くトシ君にみんなで大笑いした。トシ君は更に大声を上げた。

須藤先生は、

「さすがに保育園の先生は、よくわかるんですね。僕はこの前の検査で診落としたかと思いましたよ」

「ここの保母さんたちは、とても日常的な観察が行き届いていて、私は週に一度しか来られないのですが、その間の状況が細かく記されていますから助かります。」

乳児の発達は、一人一人違うし、この間這い這いを始めた敏くんも、左足を伸ばしたままなのでおかしいと思い、報告をしておいた。

「先生、元ちゃんがオマルでうんちが出ました」

「えっ、えらくなったね」

「うんちが出ただけで褒められるなんて、乳児は本当に幸せね」

元ちゃんは元日産まれなので元一とつけたと、お母さんは入園した時嬉しそうに話していた。私は、「よかったね、偉いね」と子どもにも、頑張った若い保母にも褒め声をかけた。

毎日、何かが起きて……

ある日のこと、乳児食を与えていると、突然太郎君が泣き出した。

この子は、卵アレルギーがあり、今まで卵が食べられなかった。そのことは、本人より保母の方が、早くみんなと同じになるといいなと思っていた。医師の許可で、今日初めて太郎君用の茶碗蒸しが出た。みんなと同じ器で一緒に食事をする太郎君はきっと嬉しいだろうと思った。ところが、一口入れた瞬間に凄い声で泣き出した。

「これが茶碗蒸しだよ。美味しいよ」

宥めながら、食べさせようした瞬間。ぴたりと泣き止んで保母の手に凭れて眠ってしまった。

「眠かったんですね」

と食べさせていた保母が言った。

「えっ」

私は嫌な予感がした。

「待って、先生に聞いてみるわ」

言い終わらないうちに受話器を取った。

「すぐに救急車で」

先生の声も上ずっていた。太郎君は、眠ったまま救急車に載せられた。母親の勤め先の荏原製作所に連絡した。

今日からほんの少し入れて様子を見ていくようにという指示に従って栄養士の小谷さんが特別に作った茶碗蒸しだ。間違いはない。「どうか手当が間に合って」

私は祈った。須藤先生は、点滴の用意をして待っていた。他の医師が、保母さんが誤飲をさせたのではないか。そちらの用意をして待った方が、と言ったそうだが、

「いえ、これは私の責任です」

と言って譲らなかったと後で聞いた。点滴をしても眠ったままの太郎ちゃんの

ストレッチャーを囲んで見守った。二十分ほどたった時、太郎ちゃんは、ぎゃーっと泣いた。

「助かった」

私はこんなに長い二十分を感じたことがなかった。須藤医師も責任は私にあるんです、と言いながら、じっと太郎ちゃんから目を離さなかった。

「もう大丈夫です」

顔を見合わせた。涙が自然にこぼれた。

「先生、ありがとうございました。お疲れ様でした」

「いや、早い判断でよかった」

自転車で駆け付けたのだろう。太郎ちゃんの母親は知らされた時から、最悪のことを思っていたかもしれない。病院の玄関へ出迎えて、いち早く、元気なことを伝えた。私の手を握ると緊張が一気に解けたのか、声を上げて泣き出した。

「すみません。心配をかけてしまって」

小児用のベッドにゆっくり寝かされて、すやすやと眠っている太郎ちゃんを見ると、母親は須藤医師に深々と頭を下げた。

「先生のお陰です。私は何も知らなくて」

「いや、保育園で連絡してくれたのが早かったからです」

「家でこのようなことが起きても、私はおとなしく眠ったと思い、そのままにしたと思います。先生方には申し訳ありませんが、保育園で良かったです」

日頃、この母親からこのような言葉を聞いたことがなかった。アレルギー体質なので、別のミルクを与え、家でもそれを使うようにと伝えた時、とても面倒くさそうだった。皮膚の爛れがなくなって、いわゆるもち肌のように綺麗になっても、納得したのは何か月も過ぎてからだった。

もう、七時を回っていた。

「先生すみません。もう大丈夫。私がしっかり見ています。先生に怖い思いをさせてしまって。どうぞ家の方に帰ってください」

園長にはすでに連絡してあったので、須藤医師にお礼を言って、病院を辞した。

万が一のことがあれば、私は、保母を辞めなければならなかった。太郎君。元気になってくれてありがとう。心の中でつぶやいた。

ゼロ歳のクラスから、一歳児のクラスに上がった千恵ちゃんが五センチ高さの平均台を渡ろうとした。見ていると、恵美ちゃんがそっと手を取っていた。二人は、双生児で、ゼロ歳の時は、玩具の取り合いをしていたが、あんなことができるようになって。

またある時、ひな人形の段飾りをしたとき、哲ちゃんのお母さんが、迎えに来た。哲ちゃんが、内裏様を指さした途端に、お母さんが、

「だめっ」

と大声を出した。

「お母さん、哲ちゃんは綺麗に飾ったんだよって、教えてあげてるんじゃないかしら。そうでしょ」

「うん」

「ほらね」

私が言うと

「壊すのかと思ったのよ。いたずらばかりしているから」

という。

「お母さんがいつも大きな声で怒るから、聞こえづらいのかなと思って竹村先生に検査してもらったの。哲ちゃんの後ろで紙をくしゃくしゃにすると振り向き、手を叩いても、玩具の太鼓をたたいても、さっと振り向き、高音も低音も異常はなかったのよ。お母さんが迷惑をかけないようにと心配するのは分かるけれど、いきなり大声で叱るのをやめないと、哲ちゃんは普通に話しかけても聞こうとしないのよ」

「哲はいうことを聞かない、って初めから決めてかかってたからね」

母親はにこにこして、哲はいい子なんだ、自信を取り戻したようににこにこして、「ごめんね」と言って頭をくるくるとなでると、哲ちゃんも嬉しそうににやにやした。

絵美ちゃんの母親は看護婦だ。保育時間が過ぎても迎えに来ないことがあった。

「すみません。交代の看護婦が、昨夜徹夜で、昼間寝て寝坊しちゃったんですって、交代が来ないと帰れないものですから」

ご迷惑かけてと汗を拭きながら何度も頭を下げた。

「でも絵美ちゃんは先生を独占して、折り紙をして楽しく待っていましたよ」

担当の保母は自分の子どもが公立の保育園で待っている。

「私が変わるから、早く迎えに行って」

毎日何が起きるかわからないが、保育の楽しさは、疲れを吹き飛ばす。

保育行政の逆行

美濃部都政に期待し、少しずつでもよくなることに希望を持っていたが、美濃部氏は四期目の立候補を見送り、一九七九年四月八日、革新側が敗れた。鈴木俊一氏が都知事になり、都政はその年のうちにがらりと変わった。一年間は引き継ぐと言って公約を掲げたシルバーパスも、医療費の無料化も、その年のうちになくなった。

「先生、今日病院に見えたお年寄りがね。この病院は親切だからただで診てくれたんだよ。あんたは、ここに来たばかりだから知らないんだ、と言って、窓口でもめたのよ」

若い看護婦の母親が子どもを迎えに来て呟いた。都政が変わったので保育園にも影響が現れていた。

「先生、乳児の間は母親が育てないと、将来に影響があるんですか。テレビで言っていました」

「そうですか。私は土曜日に子どもを帰す時、日曜日にちゃんとおむつを替えてお尻を爛れさせないでくれればと、その方が心配よ。月曜日にお尻が爛れて痛そうな子がいるからね」

私たちは子育ての専門家なのにと思った。新聞では、男性の仕事がない、女性は家庭に返って子育てをするべきだ、生まれたての赤ちゃんは母親の目をよく見て認識する、保育園でいろいろな保母の顔を見ることで知恵のつくのが遅くなる、将来の人間形成に影響するなど、アメリカの資料などを例に、もっともらしく名のある学者が書いている。

「美濃部都政は女、子どもの都政だ」

と言い、社会保障は大幅に削られた。

私は五十五歳になっていた。三十年間の保育生活は、大変だったというよりは、その大切さと女性の働く権利を守る仕事であったことをしみじみと感じた。

思い出せばいろいろあった。微熱のある子を預けに来たことがあり、母親は、薬を持ってきているからと強引において帰ろうとする。しかし、診察をしないで親切に薬を出してくれたという話を聞いて、私はますます不安になった。息遣いは荒いし顔色は青い。肺炎になっているのではないか。解熱剤で熱が下がっているだけではないか。患者から医師に対して、レントゲンを撮ってほしいなどということは常識的でないことは、私も知っている。

「先生に、保母さんが、レントゲンを撮ってもらって大丈夫とお医者さんに言われたら、預かるっていうんです、って私のせいにしていいからね」

私は、進君の様子を見ながら、必死で話した。お母さんは、わかりました、と言って病院へ引き返した。保育園から自転車で三分位の処だ。

「先生。そのまま入院になりました。今から、家へ必要なものを取りに行きます。肺炎で片肺が真っ黒だそうです」

母親の顔が青ざめていた。

「明日は、日曜日。今日のうちにわかってよかったね。お大事にね」

私はほっとした。あのまま、預かっていたら、どうなっていたか。

栄子ちゃんの場合もそうだった。咳が続いて止まらない。診察をすすめても、家では咳はしていない、という。昼寝の間も咳をしていて止まらない。百日咳のようだ。私は我慢できなくなった。

「お母さん、今夜は寝ないで、栄子ちゃんを見ていてください。それでも咳が出なかったら、預かります」

私は、変な自信を持って言った。それは近頃見なくなったが私自身の幼い時の百日咳と同じ症状だったからだ。果たして咳をしていたことを認めた。

蒲田総合病院へ入院したとのこと、百日咳から肺炎になっていた。と医師から言われたと報告があった。

真面目に働き続けている母親だからこそ、休みたくない。その気持ちは、よくわかるが、子どもの命には代えられない。保育中に事故があっては許されない。命を預かるというこの仕事を三十年。私は、ここで残念だが、辞めることを決意した。

六十歳までは続けたかったが、腱鞘炎が軽いとはいえ、乳児に事故があれば取り返しがつかないと思い、辞めることを決意した。保母として生きたこと、また働く母親として、我が子にその姿を見せて来たことに、良い人生を送れたと今振り返る。

保母の置かれている悪条件に、結婚を期に辞めて行く保母がほとんどだった。

「貴女なら、何処にだって就職は出来たのに、また保母になったの」

学校時代のクラス会でも、また過去に共に働き、闘った保母仲間からも言われた。独身を通した大先輩はいたが、最悪な条件を経験した仲間たちは、戻らない人の方が当たり前だった。

辞めた時、夫と子どもと初めてレストランに行き、ご馳走し、お礼の言葉を述べた。

「お父さんもよく頑張ったね」

長男の言葉に

「ここで私がそんなことを言われるとは」

と照れていた。

絵本を読み聞かせる著者

「お母さんは、僕たちに毎日絵本や童話を読んでくれたね」

忙しい私は、旅行に連れて行くことも、まして世の中のことを子どもに教育することも出来ないできた。社会にはいろいろな人生、考えがあることを教える力はない。良い本を読み聞かせることが、子どもの成長に欠かせないと思っていた。職場でもよい絵本を読み聞かせることを大事にしてきた。

私は子どもの時から、なんでも一生懸命努力して頑張ることを信条としてきた。それは、言い換えれば独りよがりの人生を歩むことにもなりかねないことだった。

しかし保母となり、仲間と力を合わせ、自分のことだけでなく、子どもはどの子も幸せになる権利があること、誰もが幸せに住みよい社会を作るには、一人の頑張りではなく、みんなで手をつなぐことが大事だということを学んだ。

保母になって本当の人生を歩むことができた、と思っている。

あとがき

「子どもを保育園に預けるなんてかわいそう」「鍵っ子なの？　かわいそうに」そんなことが普通にささやかれていた時代に、私は保母になりました。十八歳でした。

憲法は男女平等をうたっていますが、女性の働く権利どころか、「子どもをおいて働くなんて」とか、「女の先生は産休があるから、担任は男性がいい」など、女性が女性の足を引っぱっていました。

現在、私は八十七歳。あれから、社会保障はどれほど成熟したでしょうか。本文にある、「バターか大砲か」は、いまの問題とも思えます。可愛い子どもたちの幸せを願って、つたないペンをとりました。お読みくださって本当にありがとうございます。

出版にあたっては、本の泉社の新舩海三郎様にたくさんの助言をいただきました。心から御礼申しあげます。

二〇一九年六月

鏡　政子

真っ直ぐに、保母

二〇一九年七月二〇日　初版　第一刷発行

著　者　鏡　政子

発行者　新船　海三郎

発行所　株式会社　本の泉社

〒113-0033
東京都文京区本郷二・二五・六
TEL. 03(5800)8404
FAX. 03(5800)5353
http://www.honnoizumi.co.jp

印刷　音羽印刷株式会社

製本　株式会社　村上製本所

DTP　河岡　隆（株式会社　西崎印刷）

ISBN978-4-7807-1934-5　C0095